MW01700733

Geneviève Dc
écrivain et a
de Paris, pour l'ensemble de son œuvre : un récit en 1957, La Première Pierre *et des romans,* La Fanfaronne *(1959),* Le Chemin des Dames *(1964),* La Passion selon saint Jules *(1967),* Je t'apporterai des orages *pour lequel elle a obtenu le Prix des Quatre Jurys en 1972,* Le Bateau du courrier *(1974) couronné par le Prix des Deux Magots,* Mickey, l'Ange *(1977) et enfin* Fleur de Péché *en 1980.*

Une histoire d'amour. Mais la violence poursuit Véréna, depuis son enfance. Elle a trente ans, elle est journaliste. Elle doit son prénom à une tante lettone qui a traversé la Pologne à pied pour échapper aux Russes. Après le meurtre, à Paris, du conseiller du ministre de l'Industrie, Pierre Fauquembergue, le commissaire Montabot veut tout savoir sur cette jeune femme dont le nom figure dans le carnet d'adresses du mort. Est-elle une espionne ? Une terroriste ? Toute la vie de Véréna défile au cours de l'enquête : son enfance dans les ruines de Munich, son adolescence en Alsace, sa vie d'étudiante à Paris, avec une satire des milieux journalistiques et ministériels. Véréna avouera tout, sauf la passion qui l'a liée à l'homme assassiné. Comme toujours dans les romans de Geneviève Dormann, le rire se mêle aux larmes.

ŒUVRES DE GENEVIÈVE DORMANN

Dans Le Livre de Poche :

Je t'apporterai des orages.
La Fanfaronne.
Le Bateau du courrier.
Le Chemin des Dames.
La Passion selon saint Jules.
Mickey, l'Ange.

GENEVIÈVE DORMANN

Fleur de Péché

ÉDITIONS DU SEUIL

Toute ressemblance avec des personnages réels
ne serait qu'un effet du hasard.

© Éditions du Seuil, 1980.

Dans un monde sans mélancolie, les rossignols se mettraient à roter.

CIORAN

Je ferai tomber sur la terre une pluie de roses.

SAINTE THÉRÈSE DE LISIEUX

à celui qui m'aime

TROIS BALLES DANS LA TÊTE. C'est ce qui est écrit en blanc sur noir, dans le haut de la photo, à droite. Ça, et puis, juste au-dessous, une légende en caractères plus petits parle de coups de crosse, de l'heure de l'assassinat et de l'endroit où l'on a retrouvé le corps de Pierre Fauquembergue, dans la cabane d'un chantier de construction, quelque part, près de Paris.

C'est tout ce que Véréna a vu, d'abord. Ces lettres blanches, aveuglantes, dont elle sait qu'elles ne s'effaceront plus jamais de sa mémoire. Qu'on le croie ou non, elle n'a pas baissé les yeux sur le reste, sur la photo en noir et blanc, étalée sur la double page. Parce qu'il y avait les autres, là, dans le bureau. Il y a des images qu'on ne regarde pas devant les gens à cause du reflet qui peut vous en sauter au visage. Pudeur ou dissimulation, on attend. Ainsi garde-t-on longtemps fermée une lettre d'amour pour la lire, solitaire. Et puisque cette saleté de photographe a pris ces saletés de photos, Véréna a bien le temps de voir le corps disloqué de son amant, de se faire du mal avec.

Du coude, elle a fait glisser le magazine sur la table voisine et elle s'est replongée dans son travail. Rewriting. Parfois les mots sonnent bizarrement. *Rewriting* fait un bruit de pattes d'araignée sur du papier d'aluminium.

Véréna reprend le fil du texte ennuyeux qu'elle doit récrire. *Le Marché du blé dans l'Europe des Neuf.* Rédigé par une stagiaire sortie, paraît-il, major de Sciences po mais qui n'a visiblement pas dépassé le niveau de sa classe de septième pour le vocabulaire et l'orthographe. Véréna n'arrête pas de biffer les *pallier à,* les *pour autant* et les *solutionner* dont cette andouille a parsemé ses phrases.

En réalité, Véréna se sent dédoublée. Une Véréna, immobile, observe l'autre qui manie le papier collant et les ciseaux, barre des lignes, en raccourcit, en rajoute. Elle la regarde s'appliquer à ce travail qui oblige à la concentration. Elle l'admire d'y parvenir. Elle voudrait qu'il s'agisse non pas d'un article mais d'un livre tout entier dont la correction l'absorberait à coup sûr, pendant des heures et des heures.

Tandis qu'une Véréna travaille, l'autre est attentive à ce qui se passe dans la salle de rédaction. Quelqu'un a pris le magazine tout neuf qui vient d'arriver en service de presse. On tourne les pages. Il y a des bruits de chaises. On se regroupe. On veut voir. Evidemment, « l'affaire Fauquembergue » les excite; c'est le roman policier qui tient toute la France en haleine, depuis trois semaines. Et ce sont les premières photos, depuis qu'on a retrouvé le corps.

Véréna entend tourner les pages et se suspendre les respirations. Le visage dissimulé par ses cheveux, elle a rougi une fois de plus. Depuis quarante-huit heures, Véréna est le champ d'un bizarre va-et-vient sanguin absolument incontrôlable. Elle rougit et pâlit. Ses joues brûlent et se glacent.

Sifflement dental de Bernard Marot. Exclamation de Martine :

« Dis donc... Comment qu'ils l'ont arrangé ! »

Véréna lève les yeux. A la table voisine, Martine, assise, tourne les pages lentement. En grappe, autour d'elle et lisant par-dessus ses épaules, Catherine, Didier et Bernard.

« Il était pas mal, le mec », dit Catherine.

Page tournée.

« ... pas mal ! dit Marot. Et la bonne femme... Des veuves comme ça, j'irais bien les consoler. »

Le magazine a glissé à nouveau sur la table, déjà repoussé, caduc, fané, abandonné, corné, bon à envelopper des biftecks. L'Ecclésiaste, fils de David, a oublié de parler des journaux dans sa liste des vanités... « J'ai dit en mon cœur : Allons ! Tu te crèveras pour écrire des pages, tu boufferas ta jeunesse à assembler des colonnes, des idées, des images, tu boiras des litres d'encre pour pisser des kilomètres de copie et, quelques heures plus tard, on se torchera avec ton journal. C'est encore là une vanité et la poursuite du vent. »

Sur la couverture, le visage de Pierre, vivant, en couleurs, son sourire un peu fripé par la manipulation du journal et le titre « Qui était Pierre Fauquembergue? Pourquoi l'a-t-on assassiné? », tout cela se dilue déjà dans le passé.

A sept heures et demie, Véréna a épinglé les feuillets de la copie avec un trombone et déposé le tout dans la corbeille de la mise en pages. Elle a pris son sac, glissé le magazine replié sous son bras. Elle est seule, à présent, dans le bureau, avec Martine qui, comme tous les soirs, roucoule au téléphone. C'est l'heure où elle essaie de séduire son mari pour ne pas passer une trop mauvaise nuit. Tous les soirs, depuis des années, elle tente ainsi d'apprivoiser son pochard. Un peintre raté que, maso et folle d'amour, elle nourrit et supporte. Non seulement il picole mais il se shoote, la trompe, oublie de la baiser, casse tout dans la maison, refuse de travailler, ne se lave pas, bat les enfants et tabasse Martine qui arrive au journal, le matin, en larmes et couverte de bleus. Le récit de ses malheurs nocturnes s'apparente à celui de la bataille de Roncevaux. Elle renifle et n'en finit pas de sonner du cor au fond de sa vallée. Un jour, elle a confié en sanglotant à Véréna :

« ... et tu ne sais pas le pire ? Il... il... Il veut me quitter ! »

Elle fait le désespoir des féministes du journal. Pour une fois qu'elles tenaient une femme battue, en plein VIIIe arrondissement, sans avoir à aller en chercher dans des HLM de banlieues pourries... Une vraie de vraie, avec des coquards garantis bien frais tous les matins... C'est vrai, on ne matraque pas tellement les mémères, dans le milieu de la presse. On est civilisé. Les couples pourrissent normalement comme partout ailleurs mais avec une certaine tenue. Sans bruit. Sans violence *regrettable.* Tout dans la sournoiserie et le fantasme.

Les filles avaient essayé gentiment de pousser Martine à accepter la présidence de la section « Femmes Battues de la Presse » dont elle aurait été en même temps le premier membre déclaré. Elle avait refusé. Et, tous les soirs, l'espoir renaissant, elle entreprenait, par téléphone, le tour des bistrots de son quartier jusqu'à ce qu'elle ait découvert son sac à vin et roucoulait : « A quelle heure tu rentres, mon bichon ? Tu m'as manqué, aujourd'hui, tu sais... », disait-elle d'une petite voix humble. A l'autre bout du fil, on entendait le bichon, déjà chargé, gueuler pour couvrir la symphonie du comptoir et crier à Martine d'aller se faire aimer.

Véréna monte dans sa voiture qui est absorbée rapidement par le flot du départ en week-end. Elle dévale les Champs-Elysées par la file de droite, doublant un alignement de voitures qui stagnent. La vanité des conducteurs les pousse inconsciemment à se masser sur les files de gauche, en position de dépassement routier, tandis que la file de droite, celle des humbles véhicules qui ne roulent pas vite, avance. Il y a cinq ans que Véréna a repéré le manège et, tous les soirs, elle est la tortue qui gagne les lièvres de vitesse.

La routine engendre une magie inquiétante. Un jour, Véréna s'est aperçue qu'elle franchissait la distance qui sépare le journal de chez elle sans s'en rendre compte. Conduite automatique de somnambule. Elle se voit monter dans sa voiture, démarrer et, ensuite, elle ne sait plus ce qui arrive. Un quart d'heure passe et, soudain, elle se retrouve à Montparnasse, dans sa rue. Elle se réveille et n'a rien vu du chemin. Elle a sûrement accompli tous les gestes nécessaires puisqu'elle est là, vivante. Personne ne l'a heurtée. Aucun flic ne l'a sifflée : preuve que l'automatisme a fonctionné. Est-ce que toute la ville roule ainsi en rêvant ?

Enfermés dans leur voiture, les conducteurs parlent tout seuls. Il y en a qui font des gestes, disent oui, non, en hochant la tête. D'autres engueulent le vide, poursuivant dans leur mémoire une scène de ménage, une discussion d'affaires. D'autres répètent, à l'avance, la part d'un dialogue qui les intimide. Souvent, quand elle s'ennuie dans un embouteillage, Véréna s'amuse de leurs singeries solitaires. Evidemment, elle se surveille pour ne pas risquer de servir de spectacle à son tour : la peur du ridicule. Un jour, accompagnant son poste de radio, elle s'était mise à chanter. Ses lèvres bougeaient et, comme sa vitre était remontée, on ne pouvait pas savoir, de l'extérieur, qu'elle chantait. On pouvait penser qu'elle aussi... Des types, dans une voiture voisine, l'avaient regardée en riant. Alors Véréna avait arrêté net sa chanson, vexée et furieuse en même temps d'être aussi sensible à l'opinion des inconnus, d'être aussi peu libre.

Débrayage, point mort, frein, stop, première enclenchée bien avant le vert pour démarrer plus vite. Au Rond-Point, l'embouteillage brouille l'automatisme. Il contraint Véréna à stopper au milieu d'un passage clouté et la petite auto bleue devient une pierre dans le torrent des piétons qui la contournent en l'insultant, en frappant la tôle au passage, du plat de la main. C'est la méchanceté, l'injustice de Paris fatigué, à huit heures du soir.

Le visage de Véréna reste impassible. Ce soir, elle n'entend pas qu'on la traite de connasse, qu'on lui demande où elle a ramassé son permis de conduire. Elle n'a même pas vu, l'ayant dépassé, que le feu est redevenu vert. Les klaxons des voitures la réveillent, rétablissent le circuit de ses gestes.

A présent, la petite Fiat est entrée dans le troupeau des voitures qui obliquent vers les Invalides et, le pont franchi, il y a soudain de la détente dans l'air.

On dirait que la traversée du fleuve a suffi à transformer la mentalité des automobilistes. L'énervement et la rogne s'enfuient sur l'autre rive, vers les autoroutes. De ce côté-ci, la beauté des vieilles maisons adoucit les mœurs. Véréna se détend. Elle jette un coup d'œil furtif sur le siège du passager, sur la couverture du magazine où sourit pour la dernière fois celui qu'un jour elle a surnommé le Gitan, à cause de ses drus cheveux sombres.

Les trois balles qui ont fracassé ce sourire éclatent soudain dans la propre tête de Véréna. Mais pas de danger qu'elle s'effondre ni même qu'elle se mette à pleurer ici, en pleine esplanade. Elle n'a pas été élevée dans ces idées-là. La grand-mère Martha était implacable à ce sujet : « On ne pleure pas n'importe où. Si tu as envie de pleurer, va aux cabinets. » Elle y est souvent allée. En trente-deux ans, Véréna Wäber a sangloté dans d'innombrables chiottes. Elle a connu les chagrins puants des cabinets de pensionnat, les chagrins chics des restaurants de luxe aux discrètes chasses d'eau azurée, elle a eu des chagrins campagnards, à la turque, et des chagrins cosmopolites d'aéroports que l'on paie modestement, à la sortie, par un penny ou un pfennig ou une roupie. De toute façon, le chagrin, c'est de la merde, pas autre chose. Pas mettre le pied dedans. Donc, Véréna attendra pour pleurer. Si elle pleure.

Passent les Invalides et les canons alignés le long de la belle façade. L'harmonie bleue des toits d'ardoise sur le mauve du ciel pénètre Véréna. La beauté du soir force son esprit obsédé, y verse une douceur. La magie des pierres assemblées jadis pour consoler les vieux estropiés de la guerre apaise encore au passage une jeune femme blessée.

Véréna ne peut plus attendre. Elle gare sa voiture sur la contre-allée du boulevard, coupe le contact. Elle ouvre le magazine sur ses genoux et en tourne les pages avec avidité. De l'extérieur, on pourrait croire qu'elle dort ainsi, les paupières baissées, les deux mains posées calmement sur le volant. C'est ça : une jeune femme blonde, jolie, qui se repose dans sa voiture, un soir d'été, boulevard des Invalides. Ou qui attend quelqu'un avec une légère impatience que signale la crispation d'un muscle dans la joue silésienne. Mais l'immobilité parfaite de Véréna tromperait sûrement l'observateur le plus attentif. Est-ce ainsi qu'on regarde le cadavre de son amant ?

Ils ne l'ont pas raté sur cette photo qui est, sans doute, la plus nette, la plus précise qu'on ait prise de lui dans toute sa carrière. Un super gros plan saisi à l'objectif spécial et qui restitue tous les détails. On sent que le photographe a eu le temps de régler son tir, lui aussi. M. le Conseiller, cette fois, ne risquait pas de lui échapper. Il a fignolé son scoop. Il a pu s'approcher tranquillement pour contrôler la lumière à la cellule. Il ne devait pas être le seul, certainement, mais il était le privilégié, à cause du tirage énorme de son journal. Les flics lui ont laissé la priorité. Ça vaut de l'or, une photo comme ça, vous savez bien...

On dirait que le corps est allongé sur le bas des deux pages. En termes techniques, on appelle cela : une double noir et blanc, ouverture en page de droite, titres en noir au blanc, en capitales, et sous-titres en bas de casse. Ils ne se sont pas foulés pour les titres. Même ce con de Varanger aurait fait mieux. On sent qu'ils étaient pressés. Les machines attendaient, sans doute. C'est une vraie chance, un événement pareil qui tombe juste la veille du bouclage. Ils étaient même tellement pressés qu'ils ont oublié de mettre le prénom. Rien que FAUQUEMBERGUE en titre et, juste au-dessous : « Dans la cabane du chantier, son corps abandonné par les tueurs aux abois. »

Il est vrai que, depuis trois semaines, il n'était plus qu'un nom. Un nom connu de peu de gens et, subitement, devenu célèbre, depuis l'enlèvement. FAUQUEMBERGUE. L'AFFAIRE FAUQUEMBERGUE. Et ce nom étalé sur les pages de tous les quotidiens, ce nom qui jaillissait plusieurs fois par jour des postes de radio et de télévision, ce nom que Véréna portait en elle secrètement depuis deux ans, elle avait été obligée de le partager avec la France et même le monde entier. Il vibrait dans l'air, il éclatait sur les téléscripteurs, les écrans et les rotatives. Tout le monde avait appris d'un seul coup que Pierre Fauquembergue était un homme important, une sorte d'éminence grise de la politique, qu'il avait cinquante et un ans, une femme, trois enfants, un appartement rue de Longchamp, une maison de campagne près de Senlis, une vieille mère dans le Nord. On avait surtout beaucoup parlé de ses enfants. On parle toujours beaucoup des enfants d'une victime, pour mieux culpabiliser les bourreaux. Comme si c'était plus grave de tuer un père de famille qu'un homme tout court.

Justement, on les avait vus et revus à la télévision, les enfants Fauquembergue. C'était même la première fois que Véréna les avait aperçus autrement qu'en photo. Les deux garçons avec des blazers stricts et la fille, Véronique, déjà tout en noir, bien avant qu'on sache que son père avait été exécuté. Normal : c'est elle qui lui ressemble le plus.

Véréna avait vu sa femme aussi, filmée dans ce salon de la rue de Longchamp que Pierre lui avait fait traverser, un soir. Elle avait reconnu le paravent de Coromandel. Anne Fauquembergue, née La Lusinière, fine, élégante, un brin sportive avec sa robe chemisier et ses cheveux courts, une vraie réclame de Burberry's, tweed pour la chasse et soie naturelle pour le reste. Véréna avait été fascinée par son visage, tandis qu'Anne Fauquembergue expliquait son désespoir d'une voix posée et faisait appel à la clémence des ravisseurs. Véréna guettait sur ce visage la réplique de sa propre angoisse. Est-ce qu'on lui avait appris, à elle aussi, qu'on ne pleure qu'aux cabinets ? Véréna, en tout cas, n'arrivait pas à croire que c'était là la folle hystérique qui l'avait insultée, un soir, au téléphone, chez elle. Des mots orduriers inouïs. Etait-ce vraiment cette femme-là ? Véréna avait remarqué qu'elle avait le nez un peu long. Un nez de grande famille.

Quand la nouvelle de l'enlèvement avait été diffusée, Véréna, dans un premier temps, s'était raccrochée à un espoir vraiment bête : était-ce là une invention du Gitan pour disparaître d'une vie qui, peut-être, lui pesait ? L'affaire Empain avait beaucoup fait rêver les hommes mariés, en mal de cavale. Pierre allait laisser passer des semaines, peut-être des mois et puis, un jour, Véréna recevrait une lettre d'un pays lointain. Une lettre du Gitan qui lui demanderait de le rejoindre dans une île de Malaisie où il aurait construit de ses mains une maison en teck. La lettre dirait qu'il vivait là du produit de sa pêche et qu'il était heureux et qu'il l'attendait. Elle n'avait qu'à prendre le premier avion pour Singapour où il irait la chercher. Si toutefois, disait la lettre, elle avait encore envie de vivre avec lui...

Quelques jours plus tard, on avait appris l'exécution et, peut-être à cause du coup de téléphone ordurier d'Anne Fauquembergue, une joie sournoise, une joie mauvaise s'était mélangée au désarroi de Véréna. Elle en avait eu honte comme d'une bassesse mais elle n'avait pas pu s'en empêcher. Et maintenant encore, tandis qu'elle regarde la photo abominable, elle veut, elle espère qu'Anne Fauquembergue l'a vue, elle aussi. Qu'elle l'aura, elle aussi, reçue en pleine figure, en plein cœur. Et cette méchanceté lui fait du bien. La main de fer de la méchanceté la fait tenir droite.

Véréna essaie de regarder la photo avec les yeux de l'autre. Qu'y voit-elle? Quels souvenirs, quel vertige fait lever en elle l'image de ce corps désarticulé. Véréna imagine Anne telle qu'elle l'a vue, à la télévision, dans le salon au Coromandel, le journal ouvert à cette page même, sur ses genoux de soie. Elle pleure, ah! Et Véréna entend encore la voix de la femme qui hurlait dans le téléphone...

... « pauvre petite salope!... Imbécile! Mais avec qui crois-tu qu'il vivra, lorsqu'il sera vieux? Où crois-tu qu'il se réfugiera lorsqu'il sera foutu? Sûrement pas chez toi! Il est menteur et lâche mais il a le goût du confort, le pauvre chéri! De tous les conforts. Tu n'as pas remarqué? Il te ment pour préserver son confort; comme il a toujours menti... Tu n'es rien d'autre pour lui, pauvre conne, qu'une preuve que son pouvoir de séduction marche encore. Moi, je ne suis plus bonne à rien, dans ce domaine. Je connais trop ses comédies. Il ne peut plus m'épater. Je ne peux plus le croire. Mais toi... Il a tellement peur de ne plus plaire, de ne plus bander! Il a tellement peur de vieillir. Tu n'es qu'une escalope sur sa vieille peau... Allô?... Ecoute encore, je n'ai pas fini... Si tu raccroches, je te rappellerai, n'aie pas peur... Ecoute, petite morue stupide... tu n'es pas la première : il m'a déjà fait le coup quand il a eu trente ans, quand il en a eu quarante... Il a la maladie des dizaines, figure-toi... Cette fois, c'est sa cinquantaine qu'il me fait fêter un peu à l'avance... Si ça n'avait pas été toi, il y en aurait eu une autre... A trente ans... Allô?... Tu m'entendras jusqu'au bout... A trente ans, il a eu une actrice qui s'appelait Barbara. J'ai eu sa peau... elle s'est suicidée, l'imbécile! Elle l'aimait, figure-toi, et elle voulait vivre avec lui! Parle-lui de Barbara qui s'est jetée de la fenêtre de son hôtel minable, rue Grégoire-de-Tours... Nous venions de bavarder ensemble, gentiment, elle et moi, en prenant le thé, dans un café de l'Odéon... Elle est rentrée chez elle et plouf! elle a sauté... Tu crois que ça lui a fait de l'effet, à lui ? Penses-tu !... Il l'a appris le lendemain matin, et le soir même nous dînions à Matignon. Il a été éblouissant... Tu veux savoir comment s'appelait celle de ses quarante ans ? Béatrice. Bête comme un troupeau de cochons mais très belle et très riche... Elle m'a fait peur, celle-là, mais, tu vois, je suis venue à bout d'elle aussi... J'ai eu du mal mais j'y suis arrivée. J'ai prévenu son mari qui, bien sûr, ignorait tout, ce crétin. Ça a fait un beau chahut mais tout s'est arrangé... Tu peux être la troisième, si tu insistes. Tu ne seras que la troisième. Il y aura peut-être encore une quatrième, dans dix ans, et, ensuite, je pense que je serai tranquille... Alors, tu peux baiser avec lui tant que tu veux mais n'en espère pas autre chose... Il ne divorcera *jamais* parce que ça ne se fait pas dans *ma* famille... Il le sait... Ça lui coûterait trop cher... Sa carrière en prendrait un sacré coup et il y tient à sa carrière, tu t'en aperçois, n'est-ce pas ?... Allô... allô ? Ecoute encore ceci... si jamais, par un de tes tours de salope, tu réussissais à le faire partir d'ici, je te le jure, ta petite gueule en prendrait un sale coup... Tu m'entends ?... Je ne suis pas lâche, moi !... J'irais te crever les yeux, petite ordure, et je te ferais bouffer ta merde avant de te faire la peau... »

Un coup de téléphone, l'expression est juste. Un sacré coup que Véréna avait accusé en silence, comme un vaillant petit boxeur qui laisse cogner l'adversaire pour le fatiguer. Elle ne l'avait jamais raconté à Pierre car, quelque part, les mots de cette femme l'avaient salie et elle avait honte d'avoir été dans le cas de les entendre. Le plus étrange, c'est que les menaces d'Anne Fauquembergue l'avaient laissée indifférente alors qu'elle avait pensé souvent à cette Barbara qui était morte et à l'autre, Béatrice. Là, la garce avait frappé juste. Pierre avait menti : elle n'était que la troisième et même la quatrième si l'on comptait sa femme. Et là, Véréna avait été aussi impressionnée par l'amour fou que révélaient cette haine et ces mots orduriers. Elle enviait cette possessivité violente qui bravait l'humiliation et le ridicule pour triompher, finalement. Cette femme, on le sentait, était prête à tout, jusqu'à la folie, jusqu'au scandale le plus éclatant pour garder au moins la présence de cet homme et il y avait quelque chose d'admirable dans cette détermination.

Ce que Véréna n'avait pas supporté, c'était l'amalgame auquel on l'avait assimilée. Non, elle n'était pas la troisième. Et elle n'avait rien à voir avec ces punaises ambitieuses, affolées par le pouvoir et l'argent qui, sous un prétexte professionnel, grenouillaient autour de ces hommes qu'une faveur passagère avait mis aux commandes. Véréna en connaissait, au journal même. Ainsi Gaétane Chouilloux qui, sous prétexte de récolter des échos politiques, était passée par tous les lits de l'Elysée et le racontait, d'ailleurs, avec beaucoup d'humour. Et Lucile Boucau, fille d'un député de l'Ouest et qui se cherchait activement un ministre pour épater sa province. Et Marie-Odile Dieulafoy et Stéphanie Barrichon dont Bernard Marot affirmait qu'à moins de vingt-deux ans elle avait déjà « mâché » trois sénateurs.

Tout ça pour expliquer pourquoi l'idée de Mme Fauquembergue contemplant le corps de son mari dans ce magazine auquel elle était sûrement abonnée mettait quelque baume sur le cœur ulcéré de Véréna. Evidemment, beaucoup de détails lui échapperaient. Le fin bracelet d'or qui sciait le poignet gauche de Pierre sur la photo. Véréna l'avait choisi très fin pour qu'il se voie à peine. Quel mensonge avait-il inventé pour expliquer sa présence ? Il était tellement peu homme à aller s'acheter un bracelet d'or, même très fin. Et, ses mains, là... Anne ne saurait jamais ce qu'avaient été pour Véréna ses mains de paysan, celle que la mort avait figée, ouverte, derrière la tête, et l'autre, à demi repliée près du genou. Elle n'aurait pas le même trouble que Véréna en voyant découvertes ces chevilles où Pierre faisait le caprice qu'elle enroule ses cheveux. Véréna gardait de cette photo toutes les images de tendresse qu'elle était seule – seule ? – à connaître et elle laissait à l'autre l'horreur : le visage méconnaissable, les cheveux ébouriffés par l'agonie, l'oreille déchiquetée, les taches sombres qui maculaient la chemise à raies et la poche du pantalon béant comme un vieux sexe de femme. La légende qui surmontait tout cela était bien mauvaise, décidément.

Sur les pages suivantes, on voyait la voiture de

Pierre et son chauffeur gisant, assommé, le corps à demi sorti, la tête penchée vers le sol. Et puis des photos de Pierre vivant : à l'entrée du ministère de l'Industrie, chez lui, en vacances dans le Midi, assis au bord d'un ponton, en maillot de bain avec ses deux fils. Et là, il fixait un ski nautique au pied d'Anne et tous deux riaient aux éclats. TOUS DEUX RIAIENT AUX ECLATS.

Maintenant, il pouvait dormir en paix. Le secret qu'il avait demandé à Véréna avait été respecté. Il l'avait obligée à une telle prudence que personne ne savait, n'avait su, ne saurait ce qui avait été. Et ce n'était pas Anne qui parlerait, bien trop satisfaite, à présent, dans son rôle officiel de femme aimée inconsolable. Non, personne n'avait rien su de Pierre Fauquembergue et Véréna Wäber. La preuve : personne n'avait éprouvé le besoin de dissimuler cette dernière image de Pierre à Véréna. De toute façon, elle avait perdu ses amis, en deux ans. Quand on s'abstrait, quand on fait des mystères... Même Matthias, son propre frère, n'avait rien su. Son flair l'avait pourtant mis sur la piste. Il avait posé des questions mais Véréna s'était inventé un amant dont, par superstition, disait-elle, elle ne voulait pas parler et que Matthias avait surnommé aussitôt « le fantôme ». Il ne savait pas si bien dire.

Au moins, elle n'avait pas été inquiétée. Evidemment, personne non plus n'aurait l'idée de la consoler mais ce n'était pas grave. On lui avait toujours dit qu'elle était une dure.

VÉRÉNA, d'abord, c'est un prénom de dure à cuire. Un jour, une femme qui s'appelait Véréna, elle aussi, a traversé la Pologne à pied, seule, dans la neige et le froid, pour échapper aux bolcheviques qui ravageaient la Lettonie. On avait brûlé sa maison et toute sa famille était crevée, quelque part, du côté de Riga. Ses parents, ses enfants, son mari, couic. Pas elle. La chance. Ou on l'avait oubliée. Ou elle n'avait pas voulu mourir. Elle était restée longtemps cachée dans une grange. Elle avait attendu que les soldats soient partis. Elle avait vu, de loin, s'éteindre peu à peu ce qui avait été sa maison. Quand la nuit avait été bien noire, elle s'était mise en chemin, son châle sur la tête, et elle avait marché, marché, à travers des bois et des champs gelés, pendant des jours et des nuits. Ses *valinki* à fines semelles de jeune femme riche qui ne circule qu'en traîneau s'étaient vite imbibés d'eau. Mais Dieu veillait sur elle et elle avait rencontré le cadavre d'un soldat. Elle lui avait pris ses galoches et aussi une bouteille d'alcool et du pain qu'il avait dans sa poche. Elle avait dormi dans la neige et mangé des racines. C'était en 1919 ou quelque chose comme ça. Une tante Wäber. La sœur du père de Véréna.

Elle était devenue légendaire dans la famille et on la donnait en exemple aux enfants quand ils pleurnichaient pour un rien. « Pense à la tante Véréna qui marchait les pieds en sang... Pense à la tante Véréna qui mangeait des glands ! » C'était même en souvenir d'elle que Véréna avait été prénommée Véréna. Il y a peut-être quelque chose de magique dans une transmission de nom. En tout cas, Véréna adorait qu'on lui raconte l'histoire de cette tante qu'elle n'avait jamais connue. Toute son enfance, elle avait obligé sa mère à la redire. Mathilde Wäber, qui la tenait de son mari, ajoutait des détails, sans doute de son cru, tandis que Véréna et Matthias écoutaient fascinés, frissonnants, relançant l'histoire par des questions, quand l'imagination de Mathilde faiblissait. « Tu crois qu'elle avait peur ? Tu crois qu'elle pleurait ? Il y avait des loups dans la campagne ? Il y avait beaucoup de morts ? Elle trouvait à manger dans les poches de tous les morts ? »

Véréna, souvent, pensait à elle, quand la vie devenait trop compliquée et c'était un peu comme si elle devenait l'autre Véréna, enveloppée dans son châle en loques, qui marchait, fiévreuse et têtue, vers la liberté.

Et le plus étonnant, c'est qu'elle y était arrivée, la Véréna de la Pologne. Elle avait survécu à la faim, au froid, à la peur des loups, à la fatigue, au chagrin. Après, longtemps après, elle s'était remariée avec un lord anglais qui était tombé fou amoureux d'elle. Elle avait vécu au chaud, tout le reste de sa vie, dans un château du Sussex, en élevant d'autres enfants qu'elle avait eus, en faisant pousser d'autres fleurs, comme à Riga. Et, l'hiver, la neige qui tombait sur son jardin d'Angleterre la faisait rire. Elle était la femme la plus gourmande et la plus raffinée de tout le comté. Mais quelle Pologne, nom de Dieu, il avait fallu traverser avant de retrouver la vie chaude et l'amour.

Quelle Pologne, nom de Dieu! dit Véréna, en enfilant le boulevard Montparnasse. Le printemps n'y fait rien. Depuis vingt-quatre heures, il fait froid, il gèle dans la tête de Véréna et elle entend hurler les loups, encore lointains mais ils se rapprochent. Depuis vingt-quatre heures, elle n'a pas bronché mais elle sait qu'il va sûrement lui arriver quelque chose, une secousse, un vertige. Elle se connaît. Elle est comme certaines bombes : elle n'explose qu'à retardement. Elle tremble longtemps après qu'un danger est passé, ce qui lui vaut, sur le coup, une fausse réputation de courage et de sang-froid. Elle ne voit jamais le bonheur mais s'en souvient, trop tard, et le malheur ne la blesse que lentement, à la façon de ces poisons asiatiques qui rongent sournoisement leurs victimes avant de les achever.

Ce soir, elle va essayer de gagner le froid et les loups de vitesse. Elle va rentrer chez elle, se rouler en boule sur son lit et s'endormir le plus vite possible, les couvertures par-dessus la tête.

Si Pierre était vivant, elle l'appellerait, *même chez lui,* ce qu'elle n'a jamais fait, comme une idiote, pour ne pas lui compliquer la vie, pour ne pas l'obliger à mentir à l'improviste. Même le jour où Arthur s'était fait renverser par une voiture parce qu'il avait brûlé un feu rouge avec sa bicyclette, même ce soir-là, elle n'avait pas osé appeler Pierre. Matthias était en voyage et elle avait dû se débrouiller toute seule. Elle était allée retrouver son fils dans l'hôpital où on l'avait transporté. Elle l'avait consolé. Elle avait attendu deux heures qu'on le radiographie. Deux heures avant de savoir, enfin, que ce ne serait pas grave. Deux heures toute seule avec l'enfant blessé, dans la sinistre salle des urgences.

Mais si Pierre était vivant, elle l'aurait appelé, ce soir. Il aurait décroché et elle aurait parlé très vite, sans dire son nom, à cause de sa femme qui espionne toujours les communications par un second poste. Et elle aurait entendu avec bonheur la voix irritée, la voix fausse de Pierre : « C'est une erreur, mademoiselle, vous vous êtes trompée de numéro. » Et cette mauvaise phrase l'aurait tout de même réchauffée parce que la voix d'un homme qu'on aime, même si elle ment par lâcheté, suffit à faire taire les loups dans la Pologne gelée. Mais pourquoi aurait-elle appelé Pierre, si Pierre avait été vivant ?

Véréna entre dans l'appartement. Elle allume la lampe de l'entrée, puis celle du salon. Elle pose le journal et son sac sur un fauteuil. Mais qu'est-ce qui se passe, ici ? Elle regarde attentivement les murs, les meubles, les fenêtres où la nuit tombe.

Tout est calme, en ordre. La femme de ménage est venue dans l'après-midi. Pourtant, Véréna flaire quelque chose d'anormal qu'elle est cependant incapable de préciser. Elle va dans sa chambre, dans celle d'Arthur, entre dans la salle de bain, dans la cuisine, revient par le couloir. Tout est tranquille, normal, et pourtant Véréna a la même impression désagréable que le jour où elle a été cambriolée parce qu'elle était sortie en oubliant ses clefs sur la porte. Elles y étaient encore à son retour, il n'y avait donc pas eu d'effraction. Rien ne signalait le passage des voleurs, dès l'entrée. Pourtant, Véréna avait senti immédiatement des ondes de présences étrangères. Elle n'avait presque pas été étonnée, ensuite, de découvrir les placards ouverts, les tiroirs renversés et ces ondes qui demeuraient en suspens dans l'air l'avaient plus impressionnée que le désordre laissé par les cambrioleurs.

Cette fois, il n'y a pas de désordre. Le bracelet

d'or qu'elle a posé, le matin, sur sa cheminée, y est encore. Pourtant, les ondes d'irruption sont présentes. Ou alors, c'est une impression fausse, due à la fatigue nerveuse. C'est sûrement ça : la fatigue nerveuse.

Depuis qu'il ne fume plus, le commissaire principal Montabot est devenu un grand mangeur d'allumettes. Il les déguste comme des asperges, par la pointe soufrée qu'il écrase entre ses dents, avec délectation. Ensuite, il suçote un peu le bois et crache. Quand il est énervé, il ne suçote même pas. Rien que les pointes, un vrai gâchis. Ces jours-là, il consomme deux ou trois boîtes dans la matinée. Ses plus proches collaborateurs savent ce que signifie la jonchée d'allumettes autour de son bureau; ils filent doux. Ainsi, tout à l'heure, quand Buissonnier est venu apporter le rapport Wäber, il a déposé le dossier et l'enveloppe de kraft sur la table et s'est esquivé vite fait, bien fait, sans demander son reste. Remarquez, le patron n'est pas le seul, tout le monde est à cran, depuis huit jours, avec l'affaire Fauquembergue.

Montabot a étalé les photos sur la table. Toutes représentent la même fille blonde, prise à divers moments en différents endroits. Là, elle marche dans une rue, la tête un peu penchée, les mains enfouies dans les poches d'un blouson. Ici, son visage s'encadre dans la portière d'une voiture. Elle devait être en train de se garer, car elle tourne la tête vers l'arrière. La bouche est entrouverte et le regard attentif. Mouret a dû prendre le cliché assis, de la terrasse du bistrot dont on voit quelques tables, à gauche. Sur celle-là, elle semble épuisée. Elle tient un gamin d'une dizaine d'années par la main et, de l'autre, un panier à provisions bourré à craquer. L'enfant lui ressemble, comme elle blond et mince.

Le commissaire prend une loupe qu'il promène lentement, presque rêveusement sur les clichés dont certains sont d'une précision parfaite et d'autres carrément flous. Là, on devine à peine la jeune femme derrière les reflets d'une porte vitrée d'Orly. Mais celui-ci, pris à une table de restaurant, est parfait. La fille tient un verre qu'elle s'apprête à porter à sa bouche et son regard, au-dessus du verre, est à la fois vide et douloureux. C'est curieux, elle ne rit jamais. Même là, avec ses copines qui n'ont pas l'air, elles, de s'ennuyer. Montabot, l'œil à la loupe, s'attarde sur les longs cheveux blonds souvent nattés sur la nuque ou remontés en chignon, sur les yeux clairs et les pommettes hautes de cette comment donc, déjà ? Il jette un coup d'œil au dossier. Vérena. Vérana Wäber. Qu'est-ce que c'est encore que ce nom à coucher dehors ! Si elle a eu quelque chose à voir avec Fauquembergue, il n'a pas dû s'embêter, celui-là. Avec une bouche et des yeux comme ça !

Montabot, en tout cas, est sûr de n'avoir jamais vu cette tête-là nulle part, ni cette silhouette. Et pourtant, il est célèbre dans la boîte pour sa mémoire visuelle. Il aurait fait fortune dans un casino comme physionomiste. Sans se vanter, il est pire qu'un ordinateur. Aussitôt vu, aussitôt enregistré, gravé. Pas besoin d'aller au fichier. C'est comme ça que, dans l'affaire Couvignon, il avait immédiatement reconnu le petit voyou arrêté deux ans plus tôt pour un casse de bureau de tabac.

Il repousse les photos de la main et reprend les feuillets dactylographiés qu'il commence à lire attentivement, tout en picorant un bloc de papier avec la pointe d'un crayon rouge.

Véréna Wäber, Jeanne, Marie, née le 13 avril 1946 à Munich, de Ulrich Wäber, décédé, et de Mathilde Eschenbrenner, également décédée.
Un frère aîné, Matthias Wäber (34 ans), saxophoniste au *Flamand bleu,* boulevard Montparnasse.
Véréna Wäber réside en France depuis 1956. D'abord à Strasbourg, chez sa grand-mère maternelle, Mme Eschenbrenner, nommée tutrice des deux enfants et qui les a élevés.
V. W. habite Paris depuis 1965.
Elle a été inscrite, cette même année, à la faculté des lettres de Nanterre.
A occupé un studio, avec son frère, rue Cujas n° 22, en 1965 et 1966.
Elle avait alors, comme moyens de subsistance, une rente mensuelle de 1000 F, versée par sa grand-mère,

complétée par des cachets de cours particuliers d'allemand.
Mariée le 12 octobre 1966 à la mairie du Ve arrdt à Cabestany, Antoine, Pierre, Lucien, dit « Tony Whitespirit », aujourd'hui compositeur et artiste lyrique. Le couple a eu un enfant prénommé Arthur, né le 29 mai 1967 et aujourd'hui vivant.
Divorcée en juin 1968. Torts réciproques. Garde de l'enfant confiée à la mère par jugement du tribunal. Le père semble ne pas avoir réapparu. Il se serait remarié peu après.
Mme Wäber est de nationalité française, depuis son mariage.
Actuellement, elle est journaliste rétribuée au mois (8000 F) à l'hebdomadaire *Liberté*, auquel elle collabore depuis 1967, service « Informations générales ».
Inconnue aux sommiers judiciaires.
Aux archives PJ, un dossier H 55873 pour procès-verbal en date du 20 mai 1968, dressé par le brigadier Pozzi du commissariat du Ve arrdt, pour outrage à agent de la force publique. Lors d'une rafle d'étudiants opérée rue Soufflot, Mme Wäber aurait traité le brigadier Pozzi de « tenebrio » et ce, en présence de ses collègues. P.-V. n° 1497 transmis au Parquet.
Mme Wäber réside actuellement avec son fils, 17, *bis* rue Campagne-Première, XIVe arrdt, dans un appartement comprenant trois pièces principales, au 4e étage de l'immeuble.
Elle paie régulièrement son loyer de 1 800 F.
Pas de résidence secondaire.
Circule dans une Fiat 500 bleu foncé immatriculée 1933 WX 75 dont elle est propriétaire depuis 1972.
Compte bancaire à la Société générale. Dépenses et rentrées régulières. RAS.

Filature opérée du 29/5/78 au 5/6/78. RAS. Ci-joint photos prises par nos services.
RAS aux écoutes.
Vie apparemment régulière. Pas de liaison affichée. D'après les gardiens de l'immeuble, Mme Wäber a de nombreuses connaissances et voyage souvent mais sa vie semble normale. Elle paraît très attachée à son fils. Le frère, Matthias, vient s'occuper de l'enfant quand la mère est en déplacement. Toutefois, les gardiens ne contrôlent pas les visites nocturnes de l'immeuble, la loge étant fermée à 20 h 30.
Ils déclarent n'avoir jamais vu Pierre Fauquembergue dans l'immeuble.
Mme Wäber se rend régulièrement une ou deux fois par an à Strasbourg chez sa grand-mère.
Aucune activité politique signalée.
N'a, apparemment, plus aucune attache avec l'Allemagne.

Le commissaire Montabot referme le dossier, le glisse dans sa serviette, crache son allumette qui ressemble à un petit balai et en prend une neuve. Il a, maintenant, deux certitudes : outre celle de n'avoir jamais vu Véréna Wäber, il sait qu'il ira, lui-même, l'interroger. Il se réserve toujours les jolies blondes. Surtout celles qui, apparemment, n'ont rien à se reprocher. Les pires.

CETTE maison, Véréna la connaît depuis longtemps. Elle y est allée quand elle était enfant, sans doute. Ou peut-être plus tard, avec des amis. De toute manière, elle sait qu'elle n'y a que des souvenirs heureux. Ce n'est pas une maison très belle, ancienne, rassurante. Elle est relativement récente et pourtant démodée. Une bâtisse des années 30. Un rez-de-chaussée surmonté d'un atelier sans toit. Une grande verrière coiffée d'une terrasse. Un cube crépi de jaune, planté à mi-colline au milieu des bois sur une assise de béton qui s'avance dans les bruyères.

Un peintre a vécu dans cette maison, y a travaillé il y a longtemps. Maintenant, elle est vide. Dans l'atelier désert, un chevalet est planté, inutile. Quelques esquisses au fusain, sur les murs. Dans un coin, à même le sol, un matelas recouvert d'un vieux châle de cachemire déchiré par les souris ou l'humidité. Entre les murs flotte une vague odeur d'essence de térébenthine et d'huile de lin. Parfois, un oiseau échappé du bois vient frapper le verre de la baie. Un oiseau ivre ou un oiseau myope. Un oiseau qui en a marre de la liberté et qui a envie de se faire prendre.

Véréna avance dans l'atelier désert de cette maison qui lui appartient. Elle ne sait plus si elle l'a achetée ou si on la lui a donnée. Ce qui est sûr, c'est que cette maison est à elle.

Soudain, elle voit l'amorce d'un petit escalier de bois, à la pente raide qui grimpe le long d'un des murs. Elle ne l'a jamais remarqué auparavant. Où mène-t-il puisque la verrière de l'atelier s'arrête au faîte de la maison sans toit ?

Véréna, intriguée, monte l'escalier, ouvre la porte qui le ferme, en haut. Alors, elle pénètre dans une pièce sombre où elle avance avec précaution. Bientôt, ses yeux s'habituent à l'obscurité et Véréna distingue une accumulation d'objets. Des quantités de vieux meubles dont certains sont dissimulés sous des housses et d'autres recouverts de poussière. Véréna avance dans un vaste grenier par une sorte d'allée centrale. Sous ses pieds, le sol recouvert de tapis à la texture spongieuse d'une clairière. Elle reconnaît certains objets au passage. Ce vieux berceau de merisier à col de cygne qui a abrité des générations de Wäber, où Matthias puis elle-même ont dormi étant bébés. Elle croyait qu'il avait brûlé à Munich, dans l'ancienne maison. Elle reconnaît aussi la lampe chinoise avec son abat-jour de satin vert. Elle lui faisait peur lorsqu'elle était petite, à cause des guerriers qui se coupaient la tête sur le vase de porcelaine.

Véréna ne s'y attarde pas. Elle avance encore. Elle veut savoir jusqu'où s'étend ce grenier étonnant dont jamais elle n'a soupçonné l'existence. Elle va à sa découverte; il sera temps, ensuite, d'en faire l'inventaire.

Mais voici que, soudain, l'allée bifurque et Véréna ne sait plus quel chemin prendre. Les deux allées nouvelles partagent deux autres greniers aussi vastes que le premier et qui se prolongent loin en avant. L'accumulation des meubles y est la même. Il y a là des tables, des armoires, des porcelaines, un piano, des fauteuils, des chaises à bascule. Il y a des coffres et des piles de livres et des instruments de musique bizarres. Il y a des tableaux, des tapisseries roulées et des caisses de vaisselle. Comme c'est bête, se dit Véréna, moi qui n'avais rien pour meubler l'appartement rue Campagne-Première, si j'avais su posséder cela! Matthias ne va pas la croire quand elle lui racontera sa découverte. Il y a là de quoi meubler toute une ville. C'en est écrasant. Une vraie réserve de marché aux puces.

Il y a peut-être une demi-heure, à présent, que Véréna marche sans atteindre le bout du grenier, et les meubles qu'elle croise au passage lui sont totalement inconnus. Pas le moindre objet familier n'accroche désormais son regard. Elle se sent intruse parmi des choses étrangères. Elle a dû franchir une limite, sans le savoir; ici, elle n'est plus chez elle. Elle veut revenir en arrière mais les allées se sont multipliées derrière ses pas et Véréna ne sait plus laquelle prendre pour regagner la vacuité rassurante de l'atelier. Elle s'est perdue dans les souvenirs et les antiquités.

Ce qu'elle avait pris pour une surprise, un cadeau, est devenu un piège étouffant. Une rage la prend et Véréna se met à courir sur les vieux tapis spongieux. Au passage, elle balaie des objets qui tombent avec un bruit mou. Elle shoote dans un tabouret de piano, renverse un paravent d'un revers de main.

Elle en est là quand, du fond des ténèbres, un bruit grelottant s'amplifie. Une sonnette de théâtre. Une sonnette. La sonnette. La sonnette de la porte d'entrée. Véréna se dresse sur ses oreillers tandis que retentit la sonnette, insistante.

Assise sur son lit, Véréna s'ébroue de ce vieux rêve qui la hante depuis des années, le même rêve incompréhensible qui recommence sans cesse et ne finit jamais. Il est neuf heures à son réveil et la sonnette insiste encore.

Qui peut venir à cette heure, un samedi ? Elle voulait dormir. Elle pouvait dormir, en l'absence d'Arthur qui est parti en classe de mer, quelque part, du côté de Dinard.

Véréna sort de son lit, exaspérée par le bruit de cette sonnette obstinée. Elle va se précipiter vers la porte, s'aperçoit à temps qu'elle est seulement vêtue d'un T-shirt qui lui découvre les fesses, crie :

« Ça va ! Je viens ! », attrape au vol un peignoir de bain, l'enfile et se dirige vers la porte d'entrée qu'elle entrouvre.

Un homme inconnu est là, sur le paillasson, la main droite appuyée au chambranle. Il a une quarantaine d'années, porte une cravate, une chemise blanche et une veste de tweed. Il mâche une allumette et dit :

« Mme Wäber ?

– C'est moi, dit Véréna. Que voulez-vous ?

L'homme sort la main gauche de sa poche, montre une plaque d'émail bleu et blanc.

« Police, dit-il. Commissaire principal Montabot. Je veux vous parler. »

Il est déjà entré, tandis que Véréna s'occupe à maintenir fermé son peignoir de bain.

« A moi ? dit-elle. Vous voulez me parler ?

– Vous êtes bien madame Véréna Wäber, n'est-ce pas ?

– Oui, mais...

– Je vais vous expliquer, dit-il. Désolé de vous avoir réveillé mais j'étais sûr de vous trouver chez vous un samedi. »

Et le voilà qui pénètre dans le salon comme chez lui, jette un coup d'œil effronté sur la bibliothèque, sur les murs et s'installe dans un fauteuil, tandis que Véréna, mal réveillée, grognon, se demande où est passée cette putain de ceinture de peignoir de bain.

« C'est-à-dire que vous ne me demandez pas mon avis », dit-elle.

Les coudes sur les bras du fauteuil, il croise ses mains, croise ses jambes et fait passer l'allumette d'un coin à l'autre de sa bouche.

« Non, en effet dit-il. Mais si vous voulez aller vous habiller, j'attendrai ici.

– Très bien, dit Véréna. J'en ai pour cinq minutes. »

Elle revient bientôt, vêtue d'un jean et d'un vieux chandail. Elle mord dans une pomme.

« Si vous voulez prendre un petit déjeuner, je peux encore attendre, dit-il.

– Très aimable à vous, dit Véréna, d'un ton sec. En effet, sans café, je ne me sens pas très bien.

– Eh bien, je vous accompagne, dit-il en se levant.

– Vous en voulez une tasse?

– Non, merci », dit-il.

Et il la suit dans la cuisine, toujours le nez en l'air, inspectant les lieux.

« Comment savez-vous que j'étais chez moi, ce matin? dit Véréna. J'aurais très bien pu partir en week-end.

– Mais non, mais non, vous ne partez jamais en week-end.

– Bravo. Vous êtes bien renseigné.

– C'est mon métier.

– Je ne comprends pas ce que vous me voulez, dit Véréna. Qu'est-ce que j'ai fait? Vous débarquez souvent chez les gens, comme ça, le matin?

– Ça nous arrive, dit-il assez froidement. Ecoutez, j'ai pensé que cela vous serait moins désagréable que d'être convoquée au Quai, non ? »

Véréna pose brutalement la bouilloire sur la table.

« Comment ça, *convoquée ?*

– Ecoutez, ma petite, ne le prenez pas sur ce ton-là. Si je suis ici, c'est encore une fois pour faire mon métier. Vous ne vous doutez vraiment pas de la raison qui m'amène ?

– Non, dit Véréna en versant l'eau bouillante sur la poudre de café, vraiment pas.

– Bon, dit-il. Eh bien, nous allons commencer par le commencement.

– Allons au salon, dit Véréna, je n'aime pas déjeuner dans la cuisine. »

Le temps de traverser le couloir, elle s'est ressaisie. S'ils ne m'ont pas embêtée jusqu'à présent, pense-t-elle, c'est qu'ils ne savent rien. A moins que cette salope d'Anne... Mais s'ils ne savent rien, ce n'est pas par moi qu'ils apprendront quelque chose.

Il s'est assis à nouveau dans le fauteuil et il a tiré de sa poche un petit carnet qu'il feuillette. Véréna s'installe sur le canapé, fait fondre un sucre dans sa tasse, boit une gorgée, allume une cigarette et tire une longue bouffée.

« Je vous écoute », dit-elle.

Sans relever les yeux de son carnet, il dit :

« Vous ne vous doutez vraiment pas de la raison de ma visite ? Vous en êtes sûre ?

– Sûre, dit Véréna.

– Vous êtes pourtant au courant de ce qui est arrivé à M. Fauquembergue ?

– Ah !... c'est pour ça ?

– Vous connaissiez Pierre Fauquembergue, n'est-ce pas ?

– Je l'ai rencontré, dit Véréna.

– Quand ?

– Il y a deux ans.

– Vous l'avez rencontré... combien de fois ?

– Une fois, dit Véréna. Une seule. Je l'ai interviewé pour mon journal, à propos d'un surrégénérateur.

– Il y a deux ans ?

– Oui.

– Ce que je ne comprends pas, dit-il, c'est que nous avons trouvé votre nom et votre numéro de téléphone dans son agenda... *Celui de cette année...*

– Vraiment ? Il les avait gardés ?

– Cessez de faire l'idiote, s'il vous plaît !

– Vous ne pensez tout de même pas que c'est moi qui l'ai tué ?

– Je ne pense rien et c'est moi qui pose les questions !

– Allez-y...

– Vous êtes donc Véréna Wäber, née le 13 avril 1946 à Munich. Allemande mais naturalisée française par votre mariage...

– Ma mère était française, dit Véréna. De toute façon, j'aurais opté pour la France à ma majorité.

– Votre père Ulrich est décédé, votre mère aussi. De quoi est mort votre père ?

– Une balle dans la bouche », dit Véréna.

Ach, Kindern! Qu'il était beau, mes enfants! *Wie schön er war!...* Ainsi commençait l'autre histoire de Mathilde Wäber, la plus importante, celle qui revenait le plus souvent. L'histoire de Véréna la Lettonne n'était que folklore à côté. La tante Véréna, ma mère ne l'avait jamais connue. Elle ne nous racontait ses exploits que par tradition, pour mieux se sentir Wäber, c'est-à-dire la femme de cet Ulrich si beau et si cher à son cœur. Ulrich, son amant, son mari, notre père. Ulrich que moi, Véréna, je n'avais jamais vu puisqu'il avait disparu avant ma naissance. J'étais l'ultime trace de vie qu'il avait laissée derrière lui à sa dernière permission, en 1945.

A dix ans, je n'avais jamais prononcé le mot « papa ». Est-ce que Matthias, lui, en avait eu le temps? Il prétendait se souvenir d'Ulrich. Il donnait des détails, ses mains, ses cheveux blonds, mais moi, je suis sûre qu'il a toujours menti. Ou alors il se l'imaginait d'après les récits de maman.

Ou il voulait souligner, une fois de plus, qu'il était mon aîné.

Nous n'arrêtions pas de nous chamailler, en ce temps-là. Du haut de ses onze ans, Matthias me toisait, me traitait de petite fille et affectait d'être le maître de la maison. Il faisait croire à des connivences avec maman dont j'aurais été exclue. Il savait que ça m'enrageait et, dix fois par jour, nous nous volions dans les plumes.

Ce qui me réconfortait tout de même, c'est qu'au dire de ma mère, c'était moi, Véréna, qui ressemblais le plus à Ulrich. Comme s'il avait voulu, avant de disparaître, laisser de lui une image précise. J'avais ses cheveux blonds, ses pommettes hautes et sa mâchoire carrée. Matthias, lui, était châtain comme maman et l'ovale de son visage avait la finesse de celui de Mathilde. J'étais très satisfaite de ce partage. Je savais que Matthias n'oserait pas, devant maman, regretter la ressemblance qu'il avait avec elle, pour ne pas lui faire de peine. J'abusais donc bruyamment de ce qui m'apparaissait comme un privilège. Je le narguais.

« C'est bien, comme ça. Toi, tu es Eschenbrenner et moi, je suis Wäber. Une vraie Wäber ! »

Matthias haussait les épaules.

« Une belle tête de Boche, oui !

– Ah ! criait Mathilde, je ne veux plus jamais entendre ce mot ! »

Elle avait ses raisons pour cela.

Ma grand-mère maternelle, Martha Eschenbrenner, qui a aujourd'hui quatre-vingt-deux ans, est une Alsacienne de choc comme on en forgeait après 1870. Nationaliste obstinée, élevée dans la haine de l'Allemagne, elle avait la cocarde tricolore vissée dans l'âme. Tout à fait comme dans la chanson : « Ma mamelle est française... » Par exemple, elle avait toujours refusé de prononcer un mot d'allemand et affectait de ne pas le comprendre.

Elle avait épousé mon grand-père Elie, Alsacien comme elle, au début de la guerre de 14. Elle avait dix-huit ans, lui vingt-sept. Ils avaient eu trois enfants : l'oncle Johan, l'oncle Matthias, que je n'ai pas connu, et ma mère, Mathilde.

Le grand-père Elie qui avait été gravement blessé en 1917 ne s'en était jamais remis et il était mort en 1925. La grand-mère Martha, veuve à vingt-neuf ans, ne se remaria jamais et éleva seule ses trois enfants.

En 1940, drame : son second fils Matthias, le frère préféré de maman, qui avait vingt-quatre ans, opte pour l'Allemagne et part pour la guerre sous l'uniforme allemand. On ne pouvait pas mieux briser le cœur de ma grand-mère. Elle n'a jamais voulu le revoir. Même quand il s'est fait tuer en 1942, elle a refusé d'aller à son enterrement. « Pour moi, dit-elle, il est parti depuis longtemps. On ne pleure pas deux fois pour un mort. »

Son calvaire n'était pas terminé. En 1944,

maman, qui venait tout juste d'avoir vingt et un ans, rencontre le soldat Ulrich Wäber, natif de Munich, qui en avait vingt-trois. Coup de foudre de ces deux-là, par-dessus la frontière. Ma mère, déjà enceinte de mon frère Matthias, épousa Ulrich entre deux témoins, sa mère et son frère Johan ayant refusé d'assister à ce mariage infamant.

Mathilde était très triste. Elle aimait beaucoup sa famille mais elle aimait encore plus Ulrich Wäber, que la vieille Eschenbrenner n'avait même pas voulu voir. Alors tous deux sont partis pour Munich où Matthias puis moi sommes nés. De temps en temps, ma mère recevait une lettre de Strasbourg que ma grand-mère lui adressait au nom de « mademoiselle Eschenbrenner ». Elle demandait de nos nouvelles mais jamais un mot pour notre père. Elle considérait Mathilde comme une fille-mère. C'est longtemps après la disparition de mon père que nous sommes allés la voir à Strasbourg avec maman, dans la maison des Eschenbrenner qui jouxte la petite imprimerie familiale dont s'occupe l'oncle Johan. Celui-là ne s'est jamais marié. Il n'a jamais quitté ma grand-mère qui le mène encore par le bout du nez à soixante-trois ans comme s'il en avait dix. Sa seule évasion et sa seule passion, c'est l'imprimerie où il va s'enfermer même le dimanche.

A Munich, nous habitions, ma mère, Matthias et moi, le rez-de-chaussée d'un immeuble de briques qui avait été bombardé et qu'on avait rasé au niveau du premier étage. Deux familles se partageaient ce soubassement qui, par miracle, avait résisté aux bombes. On avait colmaté les murs fendillés, goudronné ce qui avait été le plancher du premier étage et nous servait de toit. Deux cheminées de fortune évacuaient la fumée des poêles et des cuisinières à charbon.

Quand je suis née, la guerre venait de se terminer mais il a fallu des années pour venir à bout des ruines. Nous avons grandi dans un univers de pelleteuses et de maisons cassées. La ville, ratatinée au ras du sol, était, en plus, trouée comme un gruyère et, quand nous allions à l'école, installée dans des baraquements provisoires, nous sautillions à travers des tas de gravois que des bennes, peu à peu, emportaient dans des nuages de poussière. Quelquefois, des explosions se produisaient encore. Des vieilles bombes oubliées ou bien des pans de murs dangereux que l'on faisait sauter, car ils menaçaient de s'effondrer.

Nous deux Matthias, on cavalait dans les ruines avec Julian Brenner et sa sœur Christel. Les décombres qui désespéraient les grandes personnes faisaient le bonheur des enfants. Il y avait beaucoup de restes de maisons inhabitées dont les abords étaient interdits par des pancartes et des embrouillaminis de fils de fer mais ils étaient d'autant plus attirants pour des explorateurs de notre âge. Les fessées demeuraient sans effet. Rien de mieux qu'une ville bombardée pour jouer à cache-cache. On se glissait dans les trous, on escaladait des murs éboulés, des tas de briques noircies d'où émergeaient de surréalistes ferrailles. Parfois, nous trouvions des objets intacts que nous rapportions à la maison, ce qui mettait ma mère hors d'elle. Avec cette belle assurance des enfants qui se croient protégés de tout, nous risquions tous les jours la mort par éboulis ou par étouffement. Il a fallu que Julian tombe sur un bras humain momifié entre les pierres pour que nous modérions nos dangereuses expéditions. Cette chose, tout de même, nous avait dégoûtés.

Personne n'avait le temps de nous surveiller. L'école s'arrêtait à midi et, jusqu'au soir, c'était la cavalcade en toute liberté. Ma mère partait le matin, de bonne heure, pour la biscuiterie où elle était comptable et ne rentrait que le soir avec ce qu'elle avait pu trouver pour le repas. On se débrouillait très bien, Matthias et moi. Nous avions conclu un pacte avec un épicier voisin qui avait installé sa boutique dans une cave. Tous les jours, nous lui remontions ses caisses et ses emballages; lui, en échange, nous donnait des gâteaux secs et d'infâmes bananes séchées qui nous semblaient délicieuses. L'hiver, nous rapportions des planches à la maison et nous en bourrions le poêle pour que maman ait chaud en rentrant.

Quand elle arrivait, elle versait dans un tub le contenu d'une grande bassine d'eau qui chauffait depuis le matin sur la cuisinière et nous la laissions seule dans la cuisine où elle se lavait pour se défaire des poussières de la ville et des fatigues de son travail. Puis, elle préparait le dîner.

Tout était cassé dans ce Munich-là. Tout marchait de travers. Les arbres, fusillés, n'avaient plus de feuilles et les gens leur ressemblaient. Les rares hommes qui restaient étaient estropiés ou bizarres. Les femmes étaient maigres et habillées n'importe comment, les yeux rougis par le chagrin ou l'effort d'avoir à réchauffer la vie dans des conditions épouvantables.

La vie quotidienne devait être épuisante pour les adultes. Toute la ville campait dans un univers détraqué. Les canalisations d'eau, les lignes électriques, hachées par les bombes, avaient été rétablies souvent par des moyens de fortune, pour parer au plus pressé. Souvent, l'eau cessait de couler dans les robinets ou les lampes s'éteignaient pendant plusieurs jours. Les incendies étaient fréquents. On mangeait peu et mal.

Mais si la vie était dure pour les grandes personnes, pour nous, les enfants, elle n'était vraiment pas triste, car nous ne pouvions pas regretter ce que nous n'avions pas connu. On entendait parler de la guerre, on n'entendait même parler que de ça, mais cette guerre nous semblait déjà aussi lointaine et barbante que celles de nos livres d'histoire. Tout ce chagrin, toute cette détresse ne nous concernaient pas. Quand Mme Muller, le dimanche après-midi, venait pleurer à la maison sur ses deux fils et son mari morts, on s'esquivait pour aller jouer dans la rue. On la laissait avec maman.

Les morts, les disparus comme les maisons en ruine, cela nous paraissait normal. Imaginez des enfants nés à Pompéi. Ici, tout le monde avait ses absents. Chez les Brenner, à côté, c'était la mère de Julian et de Christel qui avait été tuée dans un bombardement. Chez nous, c'était mon père qui était mort à la guerre. Et si le père Brenner avait perdu une jambe à la bataille de Kharkov, je comprenais très bien la fuite de Matthias quand l'invalide commençait à lui raconter les exploits du général von Kleist.

C'est en arrivant en France que nous avons vu, pour la première fois, une ville normale avec de vraies vieilles maisons qui tenaient debout, des familles à peine ébréchées et des assiettes pleines.

Dans notre décor branlant et provisoire, ma mère faisait pourtant ce qu'elle pouvait pour assurer un semblant de confort. Le dimanche, elle faisait bouillir le linge dans une grande lessiveuse qui crachait l'eau par un champignon de fer. Puis, elle allait étendre sa lessive dans ce qui était devenu un terrain vague, devant la maison où le père Brenner avait tendu des fils de fer entre des piquets.

Le soir, elle cousait ou repassait et nous racontait ses fameuses histoires. *Ach, Kindern,* qu'il était beau... etc. A qui aurait-elle parlé de lui, sinon à nous? Elle en avait besoin. Soir après soir, pendant des mois et des années, elle réinventa peut-être cet homme qu'elle avait tant aimé et si peu connu.

D'abord, elle l'avait attendu pendant des semaines. Pas une lettre, rien. Ce n'était pas possible qu'il l'ait oubliée, il était si amoureux d'elle, la dernière fois... Et puis, trois ans plus tard, elle avait reçu des papiers officiels.

On savait désormais que la division d'Ulrich était tombée dans une embuscade russe, près de Kostrzyn, de l'autre côté de l'Oder et avait été complètement anéantie. Les Russes avaient encerclé ces apprentis guerriers dont les plus jeunes avaient quatorze ans et les avaient presque tous massacrés. L'Oberleutnant Wäber, lui, était un vieux : il avait vingt-quatre ans. On lui avait donné la médaille de l'ordre du mérite de l'Aigle à titre posthume et Mathilde reçut désormais une petite pension de veuve de guerre pour nous élever.

Faute d'une tombe où se recueillir, ma mère, qui était sentimentale, mettait toujours un bouquet de fleurs devant l'unique photo sauvée des ruines de l'appartement où ils avaient habité après leur mariage. Matthias et moi l'appelions la « photo d'amour », car Ulrich et Mathilde y souriaient en se regardant. Elle avait été prise dans les montagnes de l'Allgaü en Forêt-Noire, la seule fois où ils étaient partis faire du ski, pendant une permission d'Ulrich. Maman était assise sur un rocher, le visage levé vers lui, de profil, avec un bonnet de laine à pompon qui cachait ses cheveux. Ulrich, de face, était nu-tête, les cheveux courts, avec une raie bien nette sur le côté. Il souriait en regardant maman, une main posée sur son épaule, et l'on voyait ses dents très blanches et la fossette au creux du menton que j'ai, moi aussi. Ils portaient tous les deux des chandails en jacquard à motif d'étoiles de neige et de cerfs. Ils étaient beaux, ils avaient l'air heureux. Ils avaient laissé la guerre loin derrière eux.

On voyait bien là, sur cette photo, que Mathilde n'exagérait pas quand elle disait que notre père était superbe. Elle disait sûrement vrai aussi quand elle racontait sa gaieté et sa tendresse. Nos parents étaient des amants de légende que la guerre et la mort avaient protégés du temps, de l'ennui, de l'usure, de la colère et de la tromperie. Je devais être pour toujours la fille d'un jeune homme de vingt-quatre ans. Ma mère, toute sa vie, devait rester amoureuse de cette ombre juvénile.

Matthias, plus réaliste, lui avait demandé un jour pourquoi elle n'avait pas eu un autre mari. Sa curiosité voulait-elle conjurer une crainte obscure ? Mathilde, d'abord surprise par la question, s'était mise à rire.

« Pourquoi ? Tu voudrais un autre papa ?

– Je ne sais pas, avait dit Matthias, en rougissant.

– Mon Dieu, où le mettrait-on ? »

Comment donc avait-elle vécu, entre vingt-deux

et trente-quatre ans? J'aurai bientôt l'âge qu'elle avait quand elle est morte et je pense parfois à cette jeune femme qui se débattait pour nous faire vivre. Quels plaisirs avait-elle eus pendant toutes ces années? Qui s'était penché sur elle comme elle se penchait sur nous?

Pour nous, elle était la force, le rire et la vivacité. Elle n'avait, disait-elle, pas le temps d'être triste. Il me reste d'elle des images décousues mais d'une netteté fulgurante. Son visage fin à la peau très blanche, semée de taches de rousseur qui lui donnaient un air enfantin, ses yeux verts, son corps musclé, sa façon de se tenir droite, fière de ses seins qui tendaient ses chemisiers. Ce geste pour renouer sur son épaule la natte de ses cheveux châtains qu'elle portait souvent dans le dos. Je la vois s'éloigner à bicyclette dans la brume des matins d'hiver, emmitouflée dans des écharpes de laine et une capote qui lui donnait une silhouette d'homme. Elle plongeait avec nous dans la piscine toute neuve où elle nous obligeait à nager parfaitement pour, disait-elle, ne pas se faire de souci, le jour où nous tomberions dans l'Isar. Comme s'il était évident que nous dussions y tomber, un jour ou l'autre.

L'autorité de Mathilde était grande et nous craignions sa colère car elle avait la main dure et rapide. Matthias, surtout, qui était infernal, l'avait éprouvée à ses dépens. Le jour où des voisins étaient venus moucharder parce qu'on l'avait vu avec des gamins du quartier en train de faire exploser des engins de leur fabrication. Mathilde, déchaînée par la fureur d'une peur rétrospective, avait corrigé son fils à coups de ceinture. Elle ne me ratait pas, moi non plus. Un jour où je lui avais dit merde ou quelque chose d'approchant, j'avais reçu immédiatement une double beigne fracassante qui m'avait ôté à jamais l'envie de recommencer.

Je crois qu'elle n'a jamais eu d'autre homme que mon père. D'abord, les hommes étaient rares en Allemagne à ce moment-là. En tout cas, nous ne l'avons jamais su. Je crois qu'elle n'en a pas eu le temps ni peut-être même l'envie. Elle n'avait même pas le temps d'avoir des amis.

Quand je pense à elle, je vois une profusion de gestes. Ma mère, c'était le mouvement perpétuel. Incapable de nonchalance. Le contraire d'une rêveuse. Mais peut-être était-ce une défense contre l'angoisse, contre la tristesse que ce déploiement d'activité étourdissant.

Parfois, elle attrapait Matthias au vol ou moi, nous asseyait sur ses genoux et, feignant de croire que nous étions encore des bébés, nous faisait sauter en nous chantant *Hoppe hoppe, Reiter*[1] ou nous berçait sur l'air de... *schlaf mein Prinzchen, schlaf ein*[2]...

Le soir, quand nous étions couchés dans nos lits de camp, Matthias et moi, nous entendions ses

1. Saute, saute, cavalier...
2. Dors, mon petit prince, dors...

pas dans la pièce voisine. Elle lavait la vaisselle, la rangeait, préparait les bols pour le petit déjeuner, secouait la cendre de la cuisinière qu'elle bourrait de tourbe pour que le feu tienne jusqu'au matin. J'aimais entendre les bruits de sa présence. J'aimais sa voix et le sentiment de sécurité qu'elle nous donnait. Mathilde ne s'affolait jamais. Elle avait deux phrases familières : « Ce n'est pas grave » et « On va arranger ça ». Elle arrangeait. Elle arrangeait nos vêtements déchirés, nos genoux sanglants, nos chagrins. Tous les loups de la Pologne se seraient couchés à ses pieds sur un geste d'elle, nous n'en doutions pas.

Elle nous avait laissé la plus grande des deux pièces et s'était réservé le cagibi sans fenêtre où elle dormait, elle aussi, sur un lit de camp. Une nuit, je me suis levée pour aller boire et j'ai entendu un bruit bizarre, en direction de sa porte qu'elle laissait ouverte. Comme un chuintement, comme un sanglot. J'ai dit :

« Maman, tu pleures ? »

Et j'ai allumé la lumière.

Elle a tourné la tête dans son oreiller et je n'ai vu que ses cheveux. Elle m'a répondu :

« Mais non. Je suis enrhumée. »

L'explication m'a rassurée. Je l'ai crue. Aujourd'hui, je suis sûre qu'elle pleurait. Aujourd'hui, je voudrais la consoler pour cette nuit-là et pour toutes celles qui ont suivi.

« Vous êtes déjà venu ici, n'est-ce pas ?

– Pardon ?

– Vous êtes déjà venu dans cet appartement... Je veux le savoir.

– Je ne comprends pas ce que vous voulez dire.

– Hier soir, dit Véréna, quand je suis rentrée, j'ai eu l'impression qu'on était venu, ici...

– Qui ça, « on » ?

– Je ne sais pas.

– Qui peut donc entrer chez vous ? Qui a les clefs de cet appartement ?

– Mon frère, les concierges, la femme de ménage et mon fils, mais il n'est pas là, en ce moment.

– Alors, c'est peut-être votre frère ou les concierges ou la femme de ménage...

– Non. Ce n'était pas un familier de la maison.

– Comment le savez-vous ?

– Je l'ai senti. Un étranger ou des étrangers sont venus ici.

– Vous avez remarqué quelque chose d'anormal ?

– Oui, mais je ne peux pas dire quoi. Pas quelque chose de matériel mais comme une présence...

– Vous avez beaucoup d'imagination. Qui voulez-vous que ce soit ?

– Je ne sais pas... La police, peut-être...

– Vous n'avez pas la conscience tranquille ?

– Qui a la conscience tranquille, en face d'un flic ?

– Soyez polie ! Pourquoi croyez-vous que la police serait entrée chez vous ?

– Vous êtes bien là, vous...

– Je me suis annoncé.

– ... parce que vous n'entrez jamais chez les gens sans les prévenir ?

– Je n'ai pas à répondre à vos questions. C'est vous qui devez répondre aux miennes... Où en étions-nous ?... Ah ! oui... votre père... Vous disiez qu'il est mort d'une balle dans la bouche... »

Un soir de septembre 1956, nous étions à table. Un dimanche. Maman avait fait des pommes de terre au lard et du käsekuchen, une espèce de tarte au fromage blanc qui était la passion de Matthias. On dévorait, en ce temps-là, Matthias et moi. On ne pensait qu'à ça et Mathilde se débrouillait comme un chef pour nous trouver de la farine ou du lait qu'elle allait parfois chercher très loin à bicyclette, à la campagne.

Nous avions tout juste commencé à dîner quand Matthias, subitement, s'est mis à crier en désignant la fenêtre. Il y avait une tête appuyée au carreau sombre. Un affreux visage de vagabond décharné, édenté, aux cheveux ras. Comme une tête coupée qui se détachait sur la nuit, éclairée par notre lumière.

Ma mère a tourné la tête vers la fenêtre et son regard s'est figé. A ce moment, le visage a disparu. J'avais peur sans savoir très bien pourquoi. On a entendu des pas qui contournaient la baraque et se dirigeaient vers la porte. Mathilde s'était précipitée à la fenêtre mais, déjà, on frappait à la porte. Maman n'a pas ouvert tout de suite. Elle a demandé :

« Qui est là ? »

Il y a eu comme un gloussement, derrière la porte et puis on a entendu :

« Mathilde ! Ouvre !

– Qui êtes-vous ? » a demandé maman.

Elle était devenue toute blanche. Je suis sûre qu'elle savait déjà. Elle a tourné la clef et la porte s'est ouverte.

Nous nous étions levés de table, Matthias et moi, et nous regardions l'homme sur le seuil. Il fixait notre mère avec des yeux que son extrême maigreur rendait presque saillants. Il est resté ainsi, un moment, sans parler. On aurait dit qu'il riait en silence. Alors, Mathilde s'est appuyée, du dos, contre le mur et elle a porté la main à sa bouche comme si elle allait crier ou vomir.

L'homme s'est enfin décidé à franchir le seuil et il est entré dans la cuisine. Il a posé par terre une sorte de sac de toile qu'il tenait à la main et, sans nous prêter la moindre attention, il s'est tourné, une fois encore, vers ma mère qui s'était mise à trembler nerveusement, incapable de dire un mot. Une lueur de malice cruelle est passée dans les yeux du vagabond.

« Tu n'as pas changé », a-t-il dit.

Puis, son regard s'est détourné d'elle et a suivi Matthias qui était allé refermer la porte.

« C'est Matthias, n'est-ce pas ? » a-t-il demandé.

Mathilde a fait signe que oui.

Alors, il m'a regardée à mon tour.

« C'est Véréna », a dit Mathilde qui semblait au bord de la syncope.

Il était beaucoup plus petit que ma mère. Le dos voûté projetait un cou décharné, fragile, qui semblait avoir du mal à assurer l'équilibre de la tête au crâne rasé où les cheveux en repousse donnaient à la peau la même consistance râpeuse que celle de la face. Il évoquait à la fois le bébé prématuré et le poulet fraîchement plumé qui n'est pas encore passé à la flamme. Les yeux d'un bleu très pâle étaient d'une mobilité fiévreuse. Ils regardaient tout et ne s'attachaient à rien.

Il a tendu au-dessus de la cuisinière des doigts fluets et ridés qui ressemblaient à ceux de la main morte que Julian avait trouvée sous les pierres.

Nous étions plantés debout, Matthias et moi, fascinés par le vagabond aux mains tremblantes qui se chauffait avec application. Un tic lui faisait hocher la tête doucement comme si un ressort n'en finissait pas de vibrer dans son cou. Les dents qui lui manquaient creusaient ses joues sous les pommettes et la bouche affaissée remuait sans cesse comme s'il y malaxait un éternel chewing-gum.

Il était vêtu d'une vareuse de drap très sale, beaucoup trop grande pour lui et dont les manches retombaient jusqu'au bout des doigts, lorsqu'il abaissait les bras.

Ma mère avait repoussé les assiettes et, la tête

dans les mains, elle hoquetait doucement sur la toile cirée tandis que le balancier de l'affreux carillon de Westminster que nous avions sauvé des ruines martelait le silence de cette nuit d'automne.

Oui, ce vieil épouvantail était notre père, Ulrich Wäber, le garçon souriant de la « photo d'amour » que nous avions cru mort. Son retour avait été si surprenant pour ma mère qu'elle avait été incapable d'un geste d'accueil, d'un mot tendre pour cet homme dont, la veille encore, elle nous parlait avec tant de chaleur.

Il ne devait pas s'attendre à autre chose, car lui non plus n'avait eu aucun élan vers elle. Quand il a eu fini de se chauffer, il est venu s'asseoir, à table. Il a commencé à nous regarder l'un après l'autre, en silence, et son regard était insoutenable.

Nous n'avons pas fini de dîner, ce soir-là, Matthias et moi. Nous avons embrassé notre mère et, comme s'il sentait notre répugnance à l'embrasser, lui aussi, Ulrich a fait un geste de la main, de loin, pour nous donner congé.

Je me suis glissée dans le lit de Matthias et là, j'ai été prise d'un fou rire nerveux qui me secouait jusqu'aux pieds. J'en pleurais. J'en perdais le souffle. Je me tordais sous l'édredon. « Tais-toi ! disait Matthias que le fou rire gagnait, lui aussi, tais-toi, on va nous entendre ! »

Plus tard dans la nuit, des éclats de voix ont traversé le mur. Ma mère insistait pour qu'Ulrich dorme dans son lit. Elle disait qu'elle allait arranger des coussins pour dormir, elle, sur le tapis.

« Non, cria Ulrich. C'est moi qui dormirai par terre ! J'en ai l'habitude... »

Que pensez-vous qu'il arrive lorsqu'un homme sort de sa tombe et revient chez lui, après dix ans d'absence ? Moi je vous dis que ce n'est pas très drôle.

Les deux amants d'autrefois étaient devenus des étrangers. La chaleur, les élans de jadis avaient fait place à une timidité hargneuse. Ma mère ne lui pardonnait pas d'avoir tué le rêve qu'il avait été pour elle. Ulrich, sûrement, lui en voulait d'être demeurée si semblable et si différente à la fois. Quant à nous, Matthias et moi, nous avions peur de cet être cadavéreux auquel nous ne savions pas quel nom donner. Pis, il nous apparaissait comme un intrus. Notre père, notre vrai père était celui de la photo, celui qui faisait du ski en chandail en jacquard et souriait à Mathilde. *Wie schön er war !...* mais sûrement pas ce vagabond sans âge qui était venu, à l'improviste, bouleverser notre vie.

En vingt-quatre heures, ma mère s'était métamorphosée. Ses traits s'étaient tirés, elle avait vieilli subitement et elle était d'une telle nervosité que nous osions à peine lui parler.

Les voisins étaient accourus dès que la nouvelle du retour d'Ulrich Wäber s'était sue. On félicitait ma mère qui fondait en larmes aussitôt.

Pendant plusieurs jours, Ulrich n'a pas desserré

les dents. Il tirait une chaise près de la cuisinière et restait là, des heures, assis, les mains posées sur la barre de chrome. Aux questions de ma mère ou des gens qui venaient le voir, il ne répondait qu'en accentuant le balancement de sa tête, l'œil vague.

Il ne manifestait pas non plus la moindre curiosité à propos de ce qu'avait été notre vie pendant toutes les années de son absence. Il s'en fichait ou bien il considérait que cela n'avait aucune importance puisque nous étions vivants. Même ma présence sur cette terre n'avait suscité aucun commentaire de sa part. Aucune question.

La nuit, on l'entendait marcher, traîner une chaise, ouvrir un robinet. Aux repas, il mâchait très lentement ce que Mathilde déposait dans son assiette, sans y prêter attention.

A nous, les enfants, il faisait peur et, désormais, nous allions passer nos après-midi chez les Brenner, en attendant le retour de notre mère. On le retrouvait le soir tel qu'au matin nous l'avions quitté, inactif, perdu dans un rêve impénétrable, si loin de tout.

A l'extérieur, ce retour miraculeux nous avait fait passer pour des héros. En tout cas, des bêtes curieuses. On nous félicitait : « Dites donc, les enfants, vous en avez de la chance d'avoir retrouvé votre papa ! » Nous, on jouait le jeu. On n'osait pas ne pas avoir l'air content, au risque de passer pour des enfants sans cœur. Cette vieille carne de mère Muller, surtout, n'arrêtait pas de nous parler du retour d'Ulrich. Cette veuve aigrie et envieuse devait se réjouir sournoisement de la déchéance de notre « papa » retrouvé. « Ça a dû lui faire un choc, à votre maman, disait-elle. Forcément, quand on les a connus forts et en bonne santé... »

Le mutisme d'Ulrich a cédé au bout de quelques semaines. Il n'arrêtait plus. D'une voix monocorde, embarrassée de surcroît par les dents qui lui manquaient, il racontait ou plutôt il revivait ce qui lui était arrivé. Sa division encerclée par les Russes à Kostrzyn, son évasion à la faveur de la nuit avec six autres jeunes soldats. Ils s'étaient embourbés dans les marais de l'Oder et trois seulement s'en étaient sortis.

Ils avaient marché longtemps, affamés, épuisés, et le sommeil les avait saisis, à genoux, dans une forêt du côté de la Baltique, tandis qu'ils creusaient des trous afin de s'y terrer. Les Russes n'avaient pas eu de mal à faire prisonniers ces adolescents endormis dont le plus jeune n'avait pas seize ans.

On les avait fait monter dans un camion puis dans un train où on les avait entassés avec d'autres prisonniers. Et le train avait commencé à rouler vers le nord, pour une destination inconnue. Serrés dans les wagons à bestiaux, ils avaient souffert de la faim, du froid et de la dysenterie, durant cet interminable voyage. Parfois, l'un d'eux mourait. On balançait aussitôt son corps dans la campagne gelée.

Le train avait roulé pendant un siècle et avait enfin stoppé dans une petite gare, le long d'un autre train, arrêté en sens inverse. Des hommes misérables, décharnés, étaient descendus de ce train pour se dégourdir les jambes. Ils étaient tout joyeux parce qu'ils étaient sortis du bagne et qu'ils rentraient chez eux. Fini l'enfer de la Sibérie. Chacun d'eux était un miraculé. Ils étaient descendus sur le quai de la petite gare pour se dégourdir les jambes, pendant l'arrêt du train. Ils se tapaient sur les épaules. Ils chantaient.

Soudain, des soldats qui gardaient le train d'Ulrich s'étaient rués sur le quai des revenants. Au hasard, ils s'étaient saisis d'une dizaine de ces malheureux, leur avaient fait traverser les voies à coups de crosse et les avaient poussés parmi les prisonniers qui partaient pour le camp. Les soldats avaient trouvé cette astuce pour remplacer les hommes qui étaient morts pendant le voyage de l'aller. Il importait que le compte de prisonniers pris en charge au départ soit exact à l'arrivée. Et les malheureux, qui s'étaient cru, enfin, sur le chemin du retour, étaient repartis pour un tour de bagne, victimes du hasard. L'un d'eux, désespéré, avait tenté de fuir; on l'avait abattu.

Ulrich s'était retrouvé dans un premier camp sibérien où l'on exploitait une mine de cuivre. Un enfer d'où les hommes sortaient avec la peau blanche et les cheveux verts. Il y avait là des Allemands, des Polonais, des Russes et même quelques Américains. Ulrich, malade, n'était resté qu'une semaine à la mine. On l'avait transféré dans un autre camp. Il espérait encore à ce moment-là. Il se disait : « Je suis prisonnier de guerre. Sûrement, je serai libéré. »

Mais les jours avaient passé et les semaines et les mois, sans courrier, sans nouvelles. De toute façon, écrire était défendu. Quelques prisonniers enfreignaient cette défense. Faute de papier et de crayon, pour ne pas devenir fous, ils écrivaient quand même, tous les jours, une sorte de journal qu'ils traçaient avec du bois brûlé sur une planche. Quand la planche était remplie, ils la rabotaient. Les mots s'en allaient en copeaux et la planche était vierge à nouveau.

Au début, Ulrich avait essayé de compter les jours mais il se trompait dans ses comptes et il avait abandonné, découragé. Il n'y avait plus que des saisons. L'hiver, le froid était abominable, – 46°. Un froid bruyant. Le crissement métallique du gel se répercutait à l'infini sur la toundra. Parfois s'y mêlait le hurlement de loups affamés.

Les hommes tremblaient de froid, de peur, de faim mais surtout de désespoir. Certains étaient devenus fous ou s'étaient suicidés. La nuit les rassemblaient en de longues baraques de bois où s'alignaient les paillasses. Au début, ils se ruaient à qui seraient les premiers, près du poêle, au bout de la baraque, à l'endroit le plus chaud. Mais c'était aussi l'endroit favori des poux et des punaises. Il fallait choisir entre la chaleur accompagnée de furieuses démangeaisons ou le froid mortel mais sans parasites.

Vivre était devenu l'obsession qui les maintenait en vie. Manger, se réchauffer, éviter les rainures à courants d'air dans les baraquements, économiser son souffle, s'obliger à mâcher du maïs et des betteraves et du maïs encore, pendant des jours et des jours. Une fois par mois, on faisait basculer une chèvre dans un immense chaudron où elle cuisait avec tripes et poils. L'immonde ragoût était une vraie fête.

Il y avait des crises aiguës de dysenterie et de furonculose. Des hommes mouraient. On les remplaçait. Staline voulait dix mille esclaves dans ses camps de travail.

Personne n'essayait de fuir. C'était impossible. La toundra gelée et le ciel à l'infini suffisaient à décourager toute tentative d'évasion. Il n'y avait même pas de gardes, la nuit, pour surveiller les prisonniers. Il aurait fallu marcher à pied dans le désert gelé habité par les loups, pendant des milliers de kilomètres, vers l'Asie. Il aurait fallu traverser la Mongolie, gagner la Chine puis l'Inde.

Ulrich, qui avait des notions d'électricité, s'était fabriqué un petit réchaud avec de vieilles résistances. Le « politruck » qui gardait son quartier en avait voulu un qu'Ulrich lui avait fait. Ils étaient devenus complices.

Plus tard, on l'avait affecté à la réparation d'une vieille locomotive et de wagons hors d'usage. Evidemment, il ne connaissait rien aux locomotives mais il avait juré le contraire. Ce travail de longue haleine le dispensait de plus pénibles corvées. Par miracle, la locomotive, un jour, s'était remise à marcher, à la grande stupéfaction des hommes de son équipe, pas plus compétents que lui-même pour ce genre de travail. Ensuite, ils avaient remis en état quarante kilomètres de rail, en direction de la Russie. Le train roulait. On y avait chargé des cadavres, comme premiers voyageurs. Une autre fois, on les avait affectés à la construction de soixante kilomètres de route. Une route qui ne menait nulle part.

Pendant des mois et des années, Ulrich avait mené cette vie absurde, désespérée, lisant et relisant, jusqu'à les savoir par cœur, trois livres qu'il avait gardés avec lui : une Bible, *Faust* et *David Copperfield.* A regret mais tant pis, il se torchait avec les feuillets fins de la Bible. Toute la Genèse y était passée et l'Exode et même quelques psaumes. Il s'était arrêté au ras du Cantique des Cantiques.

Les seules nouvelles du monde leur parvenaient avec les prisonniers nouveaux. Ils avaient appris ainsi que la guerre était finie, l'Allemagne partagée et occupée.

Parfois, des camions arrivaient au camp. On y chargeait des malades, des mourants. Les hommes se ruaient pour y monter. De vraies batailles de squelettes. Ulrich, ainsi, avait manqué trois camions et s'était hissé dans le quatrième. Les camions s'étaient arrêtés près d'une voie ferrée.

Un train avait ralenti qu'il avait fallu prendre en marche. Quand le train s'était arrêté dans la fameuse petite gare, Ulrich, tremblant, était resté trois heures, confiné dans son wagon. Pour rien au monde, on ne l'aurait fait descendre sur le quai.

AVEC la logique cruelle de mes dix ans, je me demandais pourquoi il s'était acharné ainsi à revenir puisqu'il ne manifestait aucune joie de se trouver parmi nous. Pas une seule fois je n'ai surpris un geste tendre de lui vers ma mère et, il faut le dire, de ma mère vers lui. L'absence et la souffrance avaient tué la tendresse, exterminé la douceur.

Le premier matin, nous avions essayé de l'embrasser, Matthias et moi, pour lui souhaiter le bonjour. Mais il s'était dérobé, nous écartant de la main comme s'il se sentait contagieux et nous n'avions pas osé insister. Mathilde, qui avait suivi la scène, nous avait fait, de loin, une grimace rassurante.

En attendant, elle avait escamoté la « photo d'amour », comme si ce rappel d'un passé heureux était désormais indécent et, par ce geste, Mathilde avait vraiment anéanti ce passé.

La présence hargneuse d'Ulrich nous avait encore rapprochés d'elle. Tous trois, désormais, parlions à voix basse et nous nous taisions quand celui que nous appelions « il » apparaissait. S'en apercevait-il ? Il semblait si loin de nous, si loin de la vie, si loin de tout.

Il avait refusé de voir le médecin que Mathilde, au début, lui avait proposé. Le dimanche, il refusait de venir se promener avec nous. Il intimidait les gens, il leur faisait peur et personne ne venait plus chez nous.

Quand il a eu fini de raconter le camp, il s'est tu. Ou plutôt, il a cessé de s'adresser à qui que ce soit. Il marmonnait, les yeux dans le vague, prostré, pianotant d'une main sur la toile cirée de la table. Parfois, il hochait la tête ou la balançait, en signe de dénégation. Il était comme ces voyageurs qui ont raté un train et attendent, dans les gares, en parlant tout seul, remâchant leur étourderie et leur contrariété. On aurait pu le croire ivre ou drogué.

Mathilde avait essayé de le tirer de sa torpeur. Croyant qu'une occupation lui ferait du bien, elle lui avait un jour parlé de reprendre un travail. Les hommes étaient rares et il y avait beaucoup de choses à faire. Justement, on recherchait un électricien, à la biscuiterie où elle travaillait.

« Pourquoi, avait-il répondu, je te coûte trop cher ? »

Mathilde avait fondu en larmes, surprise par cette méchanceté.

Une seule fois, Ulrich s'était animé. Oubliant sa présence, nous nous bagarrions, Matthias et moi, pour une poire. Matthias, plus fort et plus agile que moi, avait saisi le fruit et le tenait à bout de bras au-dessus de sa tête, tandis que j'essayais de le lui prendre. Une de ces chamailleries qui nous étaient coutumières. Nous chahutions ainsi dans la cuisine et Mathilde, agacée par notre bruit, nous avait priés de nous tenir tranquilles quand, soudain, Ulrich avait bondi sur son fils, le serrant à la gorge avec une force dont nous ne l'aurions pas cru capable.

« Sale Polonais ! hurlait-il, veux-tu lâcher ça ! Crapule ! Tu l'as volée, cette poire ! »

Les yeux lui sortaient de la tête et son teint gris d'ordinaire avait viré à l'aubergine. Mathilde s'était jetée sur lui et essayait de décrocher ses doigts du cou de Matthias qui, terrorisé par l'assaut, avait laissé tomber sa poire et pleurait nerveusement.

Plus tard, Ulrich était retourné s'asseoir dans un coin de la cuisine, comme un chien honteux. Et Matthias, désormais, l'avait évité. Matthias le haïssait. Nous en parlions à voix basse, le soir. Je n'étais pas beaucoup plus rassurée que lui par Ulrich mais il me faisait pitié.

« Penses-tu, disait Matthias. C'est un fou, voilà ce qu'il est... Tu n'as qu'à le regarder. Il nous tuera tous : toi, maman, moi... Pourquoi est-il revenu, ce sale con ? »

J'essayais de lui expliquer que ce n'était pas sa faute, qu'Ulrich n'était pas dans son état normal, qu'il avait souffert en Sibérie mais je n'arrivais pas à détendre le visage haineux de Matthias.

Passèrent ainsi de sombres semaines. Quelques jours avant Noël, je suis rentrée à la maison, un après-midi, pour chercher une écharpe que j'avais oubliée. Ulrich n'était pas assis près de la cuisinière comme à son accoutumée. J'ai cru que, pour une fois, il était sorti. Je suis allée fouiller mon armoire mais l'écharpe demeurait introuvable. Je suis entrée dans la chambre de ma mère, pensant qu'elle l'avait rangée dans ses affaires. Le petit cagibi sans fenêtre dont le lit occupait presque toute la place était sombre. J'ai allumé la lumière et je l'ai vu... C'est moi qui l'ai vu la première... Il avait les yeux ouverts mais le reste... Enfin, vous savez ce que c'est, sans doute... Le revolver était tombé par terre... Nous ne savions pas qu'il avait un revolver. Il avait dû le sortir de son sac et le cacher quelque part.

Ce qui s'est passé après, je ne m'en souviens plus très bien. J'ai un trou. Est-ce que j'ai crié ? Il y a eu des gens, la police... On a emporté ma mère dans une clinique ou quelque chose comme ça. Matthias et moi, on a dormi chez les Brenner. Matthias était bizarre. Il n'arrêtait pas de faire des grimaces. Il gonflait ses joues et les dégonflait. Moi, j'étais étourdie. Je crois que j'ai dormi pendant un jour ou deux. Nous n'avons pas été à l'enterrement d'Ulrich. La tante de Julian Brenner nous tendait des assiettes en pleurant. Nous avions faim, Matthias et moi. C'est incroyable mais nous avions faim.

Je ne sais pas qui a prévenu ma grand-mère Eschenbrenner. Elle a débarqué dans notre vie, un matin, comme un raz de marée. Nous ne l'avions jamais vue mais elle agissait, elle, comme si elle nous avait quittés la veille. Tout de suite, elle a remarqué que Matthias avait les oreilles sales et elle l'a envoyé se laver. Matthias, sidéré, a obéi immédiatement. Il était impossible de ne pas lui obéir. Elle avait une telle façon, calme et impérieuse à la fois, d'indiquer ce qu'il fallait faire ou éviter, qu'elle coupait toute velléité de réplique. Sauf moi. Je crois bien que je suis la seule qui lui ai tenu tête.

En quelques jours, elle avait tout réglé, remis en ordre, distribué aux voisins le pauvre mobilier de notre baraque et bouclé les valises. Ce qui n'alla pas sans difficulté car, refusant, même pour la circonstance, de parler allemand et affectant même de ne pas le comprendre, elle m'obligea à traduire au fur et à mesure tout ce qu'on lui disait et tout ce qu'elle voulait exprimer.

Je ne l'ai pas vue verser une larme. Sans doute parce qu'elle considérait la mort d'Ulrich Wäber, qu'elle avait toujours refusé de rencontrer, comme un aboutissement logique et souhaité. Pour elle, il était enfin rentré dans un néant dont il n'aurait jamais dû sortir.

Seule, Mathilde semblait la préoccuper. Ma mère s'était complètement effondrée. Le suicide d'Ulrich, en lui rendant intact le souvenir de l'homme qu'elle avait aimé, l'avait en même temps accablée de remords. Elle se croyait coupable de sa mort, s'en accusait. Elle se reprochait inlassablement de ne pas l'avoir accueilli comme elle aurait dû, de ne pas avoir compris et apaisé sa détresse. Aucun raisonnement ne pouvait venir à bout de son obsession.

En quelques jours, elle était devenue une ombre. A la clinique, on la bourrait de calmants et on la nourrissait au sérum, car elle refusait toute nourriture.

Quand nous avons quitté Munich, ma grand-mère l'a fait transporter en ambulance jusqu'à la gare, avec une infirmière qui nous a accompagnés à Strasbourg. Elle avait loué tout un compartiment et, pendant le voyage, elle s'est occupée de Mathilde comme si celle-ci était redevenue son bébé. Elle comptait dur comme fer sur l'air alsacien pour guérir sa fille de ce qu'elle appelait « les conséquences inévitables de ses sottises allemandes ». Elle était sûre que Mathilde reprendrait goût à la vie dans sa maison natale.

Mais malgré elle, malgré nous, malgré l'Alsace, Mathilde n'a pas repris goût à la vie. Elle est morte au printemps suivant.

Cette fois encore, ma grand-mère n'a pas pleuré. Elle nous a pris par la main, Matthias et moi, et nous avons suivi le cercueil de Mathilde, jusqu'au caveau des Eschenbrenner dans le petit cimetière Saint-Louis. Ma mère ne devait pas peser bien lourd, ça se voyait à la façon désinvolte dont les croque-morts portaient son cercueil. Nous étions seuls avec le prêtre et l'oncle Johan qui tournait son chapeau entre ses doigts.

Quand on a reposé la dalle sur la tombe, j'ai vu le nom de ma mère, gravé de frais, à la suite des autres : *Mathilde Eschenbrenner 1924-1957.* Le nom Wäber n'y figurait pas. Ma grand-mère, vexée de n'avoir pu faire reculer la mort, s'était tout de même arrangée pour supprimer la trace d'un passé qui lui déplaisait.

« Vous n'êtes jamais retournée en Allemagne ?

– Non.

– Vous n'avez plus de famille, là-bas ?

– Non, je ne crois pas.

– Des amis ?

– Non.

– Vous n'avez jamais eu envie d'aller sur la tombe de votre père ?

– Non, dit Véréna. Pour quoi faire ? Je ne sais même pas où elle est. Je n'ai pas le culte des morts. Je ne vais jamais non plus, si vous voulez le savoir, sur la tombe de ma mère. »

Le commissaire Montabot se leva, traversa le salon et s'approcha de la fenêtre. Il éprouvait un besoin impératif de bouger, de se secouer, de rompre l'espèce de charme engourdissant qui se dégageait de cette fille et le mettait mal à son aise. C'est bien simple, il en oubliait de prendre des notes. L'intérêt qu'il éprouvait à la faire parler dépassait – il en était conscient – l'habituelle curiosité professionnelle et c'était la première fois que, dans l'exercice de ses fonctions, il éprouvait ce sentiment déroutant.

Son intuition était célèbre dans la profession et, cette fois, son intuition l'assurait que cette Véréna Wäber n'était pour rien dans l'enlèvement et l'exécution de Fauquembergue et qu'il fallait chercher ailleurs la clef de cette énigme.

Un instant, il eut envie d'en finir avec elle, de clore là son investigation. Avec l'enquête, le compte rendu de la filature et ce qu'il savait d'elle, il avait largement de quoi faire un rapport. Mais quelque chose l'en empêchait. Un intérêt personnel. Une envie de la connaître davantage, de savoir la fin de son histoire. Il éprouvait, à l'idée de briser là son interrogatoire, la frustration d'un spectateur, captivé par un film dont une panne interrompt la projection. En même temps, ce besoin déroutait en lui la rigueur policière, lui apparaissait comme un luxe presque coupable, une perte de temps répréhensible, un gâchis, et il en était troublé.

Voilà qu'il agissait exactement à l'inverse de ce qu'il recommandait aux débutants : éviter de s'attarder, de s'égarer dans les détails inutiles, pour foncer à l'essentiel, au plus pressé. Cependant, il savait qu'il ne s'en tirerait pas ainsi et que, loin de tenir cette jeune femme à sa disposition, c'était elle qui le retenait par une attirance mystérieuse, imprévue, qu'elle exerçait sur lui.

C'est pourquoi le commissaire principal Montabot pianotait sur la vitre, se demandant, pour la première fois, s'il n'était pas trop vieux pour exercer ce métier.

Quand il se retourna, ses yeux croisèrent le regard de Véréna. Il y vit de l'ironie. Assise en tailleur sur le canapé, elle arrachait machinalement un morceau de caoutchouc qui s'était décollé sur l'une de ses chaussures de tennis. Elle attendait avec une disponibilité insolente que s'exerce la volonté de ce flic qui s'était imposé chez elle, à qui elle était obligée de répondre et qu'elle ne pouvait pas mettre à la porte.

Cette attitude, ce regard, agacèrent Montabot. Le mépris qu'il y perçut le blessa. On supporte mal, même quand on est un flic, d'être mécompris. Il ne pouvait pas, il n'aurait pas su, de toute manière, lui expliquer que, malgré son intrusion, il n'était pas son ennemi. Il ne pouvait pas lui dire qu'elle l'émouvait, malgré ses airs bravaches. Cette Véréna Wäber lui rappelait une publicité de savonnette qui s'était étalée, une saison, sur les murs de Paris. On y voyait un enfant et le slogan disait : « *Il n'y a rien de plus tendre que la peau des petits durs.* » Voilà ce qu'elle était : une dure à la mie de pain.

Mais son regard n'était pas supportable et Montabot, soudain, décida d'être impitoyable. Puisque c'était en son pouvoir, il ne lui ferait grâce de rien. Il la tiendrait à sa merci, le temps qu'il voudrait. Il trouverait bien le moyen d'effacer le mépris de ce visage. Il ne détestait pas l'idée qu'elle pût, même, se mettre à pleurer.

Il reprit place dans le fauteuil en face d'elle, rouvrit son carnet et, jouant avec le ressort de son stylo à bille, il reprit :

« Donc, vous êtes restée à Strasbourg de 1956 à 1965... »

– OUI, dit Véréna. A Strasbourg. On est entrés dans cette ville comme dans un rêve, Matthias et moi. Tout nous étonnait. A Strasbourg, les maisons étaient entières et tenaient debout. Des maisons de contes de fées, des palais d'autrefois, des églises roses. Les gens riaient à Strasbourg et les cloches aussi qui faisaient chanter le ciel du matin au soir. C'était la première fois qu'on entendait des cloches. Nous venions d'un pays où l'air ne tremblait qu'aux cris des sirènes.

Nous étions étourdis, soûlés, dépaysés parmi des visages, des sons nouveaux, des odeurs différentes. Tout nous semblait, ici, d'une richesse insoupçonnée jusqu'alors. Mais tout était si nouveau, autour de nous, que nous étions un peu perdus. Je vivais accrochée à la main de mon frère et lui à la mienne. L'exil nous a soudés à tout jamais. Chacun de nous était pour l'autre le témoin unique de notre petite enfance. On en oubliait de se battre.

On nous avait donné une chambre à chacun

dans la grande maison des Eschenbrenner mais ce luxe, loin de nous être agréable, nous désespéra. Matthias, qui était paisible et avait horreur des histoires, n'osait pas protester. J'ai pris l'initiative et il y a eu un drame, la première nuit, quand ma grand-mère m'a rencontrée dans le couloir, transportant mon oreiller pour aller dormir dans le lit de Matthias.

Ma grand-mère Martha ressemblait à ces femmes inaltérables dont les traits romains et la charpente solide ont toujours inspiré les sculpteurs pour symboliser les institutions et les grandes idées. Les ans et les coups du sort n'avaient pas altéré sa haute stature qui semblait devoir toujours dominer les pusillanimités en tout genre de cette vallée de larmes.

Le nez droit, la natte épaisse qui couronnait sa tête aux traits réguliers, la musculature puissante de son corps, on les trouvait, de pierre ou de bronze, sur les monuments et dans les squares. Martha Eschenbrenner aurait très bien pu brandir une palme de la main droite en soutenant un poilu défaillant de la main gauche. Ou cracher de l'eau, toute nue, au milieu d'un bassin, parmi des chevaux cabrés.

Bref, elle nous impressionnait mais je me sentais ce soir-là d'humeur à terrasser la statue de la Commandeuse si elle m'avait barré le chemin qui menait à mon frère. Et j'ai vaincu la Commandeuse qui, les naseaux fumants, tenta effectivement de me faire regagner ma chambre.

Le bruit de notre dispute avait réveillé la maison. L'oncle Johan avait passé la tête par la porte de sa chambre. Attirée par mes cris, Ghislaine, la bonne naine qui dormait dans les combles, était venue s'asseoir sur une marche en haut de l'escalier et considérait la scène avec intérêt.

La grand-mère Martha, rouge de colère, sa natte grise déroulée battant le dos de sa chemise de nuit, tirait par la main une Véréna arc-boutée comme un chat furieux.

« Mais où donc as-tu été élevée? criait-elle. On ne dort pas avec son frère! Ce n'est pas possible! Ce n'est pas convenable!

– Bon, ai-je dit. Alors, je m'en vais. Je préfère ne plus habiter ici. »

Et j'ai commencé à descendre l'escalier, mon oreiller sous le bras, prête à gagner la rue, la nuit, sûre que Matthias m'y suivrait tôt ou tard.

Martha m'a rattrapée à mi-étage et m'a saisie dans ses bras robustes où j'ai commencé à me débattre comme une possédée. En même temps, je lui ai filé un coup de dents dans le poignet qui lui a fait lâcher prise aussitôt.

C'est mon frère qui m'a sauvée. Il est apparu en pyjama, m'a prise par la main et s'est planté devant ma grand-mère :

« Il faut la laisser faire ce qu'elle veut, a-t-il dit calmement. Elle est petite, elle a peur toute seule dans le noir (c'était vrai mais j'envoyais tout de même un coup de pied à Matthias pour lui apprendre à révéler ainsi mes faiblesses). A Munich, on dormait toujours ensemble... »

Et ma grand-mère a cédé sous l'œil ahuri de Johan. A son âge, il n'avait même jamais imaginé qu'on pût résister à sa mère. Je crois que, cette nuit-là, il en a conçu une crainte mêlée d'admiration pour la petite fille têtue qui avait su imposer sa volonté.

Cette nuit-là, moi, j'ai compris la puissance de la rébellion. Je venais d'engager une bagarre, par opposition systématique, contre l'autorité pourtant reconnue de Martha Eschenbrenner. Une bagarre qui, durant neuf ans, nous dressa joyeusement l'une contre l'autre, sans désemparer.

Car cette bagarre était, en fait, un jeu où la haine et l'amour s'équilibraient. Intolérantes, passionnées, orgueilleuses, excessives, à cinquante ans de distance, nous nous ressemblions, Martha et moi. Nos tempéraments violents se reconnaissaient. Il y avait de l'estime et même de la connivence dans nos affrontements. Malgré le bruit qu'ils faisaient, je sais qu'elle a toujours préféré mes défis et mes colères, si proches des siens, à la docilité indifférente de Matthias. J'ai même souvent senti, chez ma grand-mère, au plus fort de nos conflits, un amusement et aussi la satisfaction de rencontrer, enfin, après tant d'années d'un règne absolu sur un entourage soumis ou défaillant, un être qui, s'opposant à elle, aiguisait ses forces.

Elle aurait pu, bien sûr, me mater, m'écraser de

la supériorité que lui conféraient son âge et le pouvoir de tutelle qu'elle avait sur moi. Elle s'en est toujours gardée, tout en me menaçant des pires châtiments dont l'excès même leur ôtait toute crédibilité. La maison de correction, par exemple. Elle mesurait ses punitions quand j'avais vraiment dépassé les bornes mais annonçait à la cantonade, non sans une certaine fierté :

« Elle est indomptable! J'étais pareille à son âge. »

Il y avait aussi, dans nos rapports, une solidarité à toute épreuve. Personne n'aurait pu impunément, devant moi, dire un mot contre ma très chère ennemie. De son côté, elle me défendait. Un jour, elle a traité de haut la supérieure des dominicaines de « Jehanne de France » où j'étais externe.

Cette garce à voile avait convoqué ma grand-mère d'urgence afin de lui signifier mon renvoi pour une faute dont elle n'osait même pas, disait-elle, lui révéler la teneur, par téléphone.

Persuadée que j'avais au moins tenté de mettre le feu à la cathédrale, ma grand-mère avait revêtu sa tenue des grands jours, redingote de drap et chapeau à voilette grise pour s'entendre dire que j'étais un petit monstre de perversion dont les agissements étaient incompatibles avec « l'esprit de nos maisons ». A treize ans, j'avais non seulement lu, mais prêté à une innocente petite fille de mon âge, un livre abominable : *Claudine à l'école* de « cette » Colette. L'innocente avait emporté le livre chez elle et ses parents, horrifiés, étaient venus au collège, exiger mon renvoi ou le retrait de leur propre fille.

Debout près de ma grand-mère, j'étais abasourdie par l'ampleur que prenait l'incident et, à tout hasard, puisqu'il semblait que j'avais commis une faute impardonnable, je me suis mise à pleurnicher.

Soulagée d'apprendre que je n'avais assassiné personne, ma grand-mère me pria sèchement de cesser mes simagrées et d'aller l'attendre dans le couloir. Ce qui ne me gêna nullement pour écouter, derrière la porte, la suite de la conversation. Et ce que j'entendis me remplit d'aise. En effet, à peine étais-je sortie que Martha apostropha la Révérende Mère, en ces termes :

« Dis donc, Marie-Germaine, c'est pour ça que tu me déranges ? Tu n'as pas honte de m'avoir fait peur pour des bêtises ? »

(Elles avaient été en classe ensemble, autrefois.)

« Je ne m'appelle plus Marie-Germaine mais mère Dominique de la Croix ! avait glapi l'autre.

– Marie-Dominique si tu veux, avait tranché ma grand-mère. Peux-tu me dire le nom des parents de cette *innocente* qui ont exigé le renvoi de Véréna... pour que je puisse leur présenter mes excuses ? »

La supérieure, ne se méfiant pas, avait aussitôt nommé les propriétaires d'une importante charcuterie de la rue des Grandes-Arcades.

« Ah ! je vois, avait triomphé ma grand-mère. Je

les connais ! Ils ont fait une fortune pendant la guerre ! Des kilomètres de boudin pour les Boches ! Marché noir en veux-tu, en voilà ! Abattages en tout genre ! Et maintenant, ça vient péter plus haut que ses saucisses ! Ça met ses filles avec les nôtres ! Ça veut les faire renvoyer !... Tu n'as pas honte, Marie-Germaine Kieffer de la Croix ! Si ta mère était encore vivante, j'irais lui dire deux mots ! Tu n'as pas honte de vouloir renvoyer ma fille qui est orpheline, sur la demande d'un marchand de boudin collaborateur qui nous aurait tous vendus aux Boches s'il l'avait pu ?... Ah ! je vais de ce pas leur dire ce que je pense à tes charcutiers ! (Bruits de chaise...)

– Je t'en supplie, Martha, n'en fais rien ! cria l'autre, terrifiée à l'idée des ennuis qui fondraient sur elle si ma grand-mère déboulait dans la charcuterie.

– Alors, dit Martha, c'est à toi de décider. Tu sais d'où elle vient, Véréna, je te l'ai raconté ? C'est le Ciel qui l'a menée chez nous, chez toi. A dix ans, elle était tout juste baptisée mais elle ne savait même pas faire son signe de croix. Ils sont tous protestants, en Allemagne ! Si je l'ai inscrite ici – ce qui n'est pas gratuit, entre nous –, c'est pour sauver son âme. Autant dire que c'est le Seigneur qui te l'a confiée, Marie-Germaine ! Et tu en es res-pon-sa-ble !... »

A ces mots et au silence qui s'ensuivit, je compris que la supérieure devait commencer à verdir.

« ... responsable de cette âme, continua mon

impitoyable aïeule. Si tu me la renvoies, qu'allons-nous en faire ? Je serai obligée de la mettre au lycée... C'est ça que tu veux, Marie-Germaine, qu'elle aille au lycée ? »

(Derrière la porte je suppliai : « Oh ! oui, mon Dieu, faites que j'aille au lycée ! »)

« ... au lycée où Dieu est inconnu ? Et que répondras-tu, au Jugement dernier, quand on te posera cette question : Qu'as-tu fait, Marie-Germaine Kieffer, de l'âme de la petite Véréna ? Qu'as-tu fait de cette enfant que Nous t'avions confiée et qui, par ta faute, est devenue communiste ? Dis, que répondras-tu ? »

Là, elle allait un peu fort, quand même, et un fou rire me monta aux yeux. Chère grand-mère ! Cependant, terrifiée à la perspective du châtiment éternel qui lui pendait au bout du nez si, par sa faute, j'allais au lycée, la bonne sœur avait craqué. Et c'est ainsi que je ne fus jamais renvoyée de « Jehanne de France », quoi que j'y fisse. Ce qui n'empêcha pas ma grand-mère, une fois rentrée à la maison, de m'allonger une paire de claques, pour avoir prêté un livre de sa bibliothèque, sans sa permission.

La maison Eschenbrenner était une grande et laide bâtisse du XIXe siècle, située à l'ouest de la ville. Elle était séparée par un jardin des bâtiments de la petite imprimerie familiale dont le bruit des machines nous parvenait assourdi.

J'adorais cette imprimerie qui semblait immense à mes yeux d'enfant et qui n'était, en réalité, qu'une modeste entreprise. En principe, nous n'avions pas le droit de pénétrer dans les ateliers, à cause des accidents possibles. On pouvait se faire happer par une machine ou être écrasé par l'un des énormes rouleaux de papier que les camions déchargeaient dans la cour. Le plus vif danger venait, paraît-il, d'un monstre qui logeait là et se nommait le Massicot. Le Massicot se nourrissait de doigts qu'il tranchait à plaisir d'un sec coup de lame. Et ce n'était pas une histoire qu'on nous racontait pour nous faire peur. J'avais vu, de mes yeux vu, dans les ateliers, des hommes dont les doigts avaient été avalés par le Massicot. Un index par-ci, un pouce par-là, quelquefois deux doigts de la même main manquaient. Autant dire que l'épouvantable Massicot me fascinait et que je rôdais autour de l'engin avec une exquise terreur, caressant même furtivement son métal froid.

Ce que j'aimais le plus, dans cette imprimerie, c'étaient ses parfums dont les effluves se mélangeaient à l'infini. Odeurs des encres, des papiers glacés, des couchés, des colles, des vernis, des pots de graisse mordorée qui servait à adoucir les rouages des rotatives. Même le plomb avait une odeur.

J'ai passé des heures dans les ateliers, à regarder les typos assembler des mots, des pages, à mettre en marche les rouleaux à encre. Leur agitation donnait une impression d'urgence perpétuelle. Ils s'affairaient en grognant autour des machines qu'ils appelaient des *bécanes*, dévoreuses de papier et d'encre qu'il fallait alimenter sans cesse... Je ne comprenais rien de ce qui se disait, car les imprimeurs avaient un langage étrange, codé, très mystérieux. Mais j'écoutais de toutes mes oreilles et j'étais stupéfaite d'entendre que les machines se nourrissaient de *jésus,* de *raisin,* de *soleil,* de *coquille* ou de *colombier.* Les feuilles luisantes qui sortaient des rotatives à toute vitesse me procuraient la même fascination que le spectacle de l'eau qui coule.

Evidemment, je n'avais le droit de toucher à rien mais j'aurais donné n'importe quoi pour qu'on me permette de m'asseoir devant le clavier de la monotype. L'oncle Johan m'avait expliqué, un jour, comment les caractères frappés sur les touches perforaient une bande de papier qui commandait les mouvements de la pompe à métal. Derrière, on voyait les caractères, fondus en plomb, s'aligner en bon ordre.

Dans son imprimerie, l'oncle Johan n'était plus le même homme. Dans la maison de sa mère, il glissait comme une ombre, effacé et mélancolique. Ici, il se démenait à travers les ateliers, en chemise et gilet, avec des manchettes de tissu noir serrées au-dessus des coudes. Ici, il était comme un capitaine sur son bateau et il semblait heureux.

Quand il y avait de nombreuses commandes, l'imprimerie continuait à fonctionner la nuit. De ma chambre, je voyais, entre les arbres, les verrières illuminées et j'entendais le ronronnement des machines. D'avoir tourné autour si souvent, chacune d'elles m'était familière comme à un cow-boy ses vaches, et l'imprimerie m'apparaissait comme une sorte d'étable où chaque animal avait son nom : la Centurette, la Marinoni, la Brocheuse-plieuse, l'Ebarbeuse, la Margeuse, la Rogneuse, etc. Je m'endormais en imaginant leurs mouvements, et leur présence, au fond du jardin, me rassurait. Aujourd'hui encore, quand je suis triste, je trouve un prétexte pour aller me réfugier à l'imprimerie du journal. Je me console dans l'encre et les caractères.

Matthias, lui, s'intéressait davantage à la bonne qu'à l'imprimerie. La minuscule Ghislaine, native d'Obernai, servait chez ma grand-mère depuis une dizaïne d'années. Elle devait avoir trente ans à peu près mais, comme son menton arrivait tout juste à la hauteur des tables, elle avait l'aspect d'un enfant. Un enfant au sexe imprécis, construit bizarrement. Ghislaine avait un visage aux traits réguliers avec des cheveux bruns, plats et courts comme ceux d'un garçon. Une tête d'adulte trop volumineuse pour son petit corps sans poitrine. Elle était sotte mais joyeuse et perpétuellement animée de bonne volonté. En abattant un travail de cheval, elle chantait à longueur de journée des chansons sentimentales qu'elle apprenait par le poste de Radio-Luxembourg.

Ce qui nous avait sidérés, Matthias et moi, c'est que cette créature qui était beaucoup plus petite que nous physiquement, et que nous considérions donc comme notre benjamine, était mère d'un enfant qu'elle s'était fait faire à dix-huit ans par elle ne savait trop qui. L'enfant était élevé à Obernai chez ses parents. Nous avions entendu ma grand-mère raconter à quelqu'un que Ghislaine avait « fait la ribouldingue en Belgique ». Ce mot *ribouldingue* nous avait fait rêver. On s'était précipité sur un dictionnaire pour en connaître la signification et le surnom en était restée à Ghislaine que nous appelions entre nous la Ribouldingue.

En réalité, cette Ribouldingue, malgré ses airs enfantins, était une obsédée sexuelle forcenée. Elle ne pensait qu'à se faire enfiler, ne parlait que de ça et y courait à la moindre occasion. Ma grand-mère, je crois, le savait mais faisait semblant d'ignorer que la naine, la plupart du temps, passait ses nuits dehors. A plus de cinquante ans, la Ribouldingue, toujours fraîche, a suivi un amant arabe qui l'a emportée comme un fétu dans je ne sais quel émirat du Moyen-Orient et je ne pense jamais à elle sans l'imaginer assise dans un harem, couverte de voiles et de bijoux et chantant à pleine gorge comme autrefois : « *Moi, qui l'aimais tant... je le trouvais le plus beau de Saint-Jean...* »

En attendant, la Ribouldingue nous a été très utile pour nous renseigner sur tous les mystères du corps qui nous agitaient, à l'âge de la puberté. L'instruction sexuelle dispensée par la naine d'Obernai n'était pas d'une exactitude scientifique mais elle avait le mérite d'être directe. La Ribouldingue ne se perdait pas en circonlocutions pudibondes et il semblait qu'aucune question ne pût la surprendre.

Des années plus tard, Matthias m'a avoué que la Ribouldingue avait joint le geste à la parole, en ce qui le concernait. Elle l'avait dépucelé à quatorze ans et lui avait, disait-il, appris des choses inouïes mais sans vouloir me dire lesquelles.

J'ai supplié souvent Matthias de me raconter les « choses inouïes ». En vain. Par pudeur ou pour me faire enrager. Aujourd'hui encore, quand je lui rappelle ses premières galipettes, il prend des airs rêveurs et sourit comme le « ravi de la crèche ». Mais en silence.

En grandissant, Matthias est devenu très bizarre. Long, mince et mou. A seize ans, on aurait dit qu'il avait du mal à porter sa carcasse. Il ne s'asseyait pas mais s'alanguissait, se renversait sur les fauteuils, les tables ou même par terre. Un garçon liquide.

Bien avant que ce fût la mode, surtout à Strasbourg, il refusa d'aller se faire couper les cheveux et, bientôt, de longues mèches couleur de châtaigne descendirent le long de son joli visage ovale, faisant ressortir le vert pâle de ses yeux en amande.

Aujourd'hui où même les capitaines de gendarmerie portent des boucles dans le dos, on a oublié les drames et les sévices qu'encoururent les pionniers de la longue démêlure. Evidemment, le caprice de Matthias suscita des réactions vives. Les jésuites de son collège le sommèrent de cesser ses excentricités et d'aller se faire couper les cheveux, *comme tout le monde*, sous peine de renvoi. Quant à ma grand-mère, honteuse de ce petit-fils qui faisait retourner les passants, elle affectait de ne pas le connaître quand elle le rencontrait dans la rue.

Mais mon paisible frangin demeura intraitable. Il tenait tête à ses curés, leur opposant des arguments qui lui paraissaient convaincants. Il prétendait qu'il n'est pas d'un bon chrétien de mutiler un don du Seigneur. Et de leur envoyer l'Ecriture dans les gencives : « *Pas un cheveu ne tombe de votre tête sans que Dieu le veuille.* »

« Qu'il manifeste donc clairement Sa volonté en ce qui me concerne, disait Matthias, et j'aviserai. »

Mais nul ange flamboyant ne vint lui enjoindre de se couper les cheveux et les mèches de Matthias recouvrirent bientôt ses épaules. Le salaud avait des cheveux superbes. Beaucoup plus beaux et fournis que les miens. Cette chevelure insolite, la beauté presque féminine de son visage dont la barbe était encore invisible faisaient un contraste équivoque avec son corps d'homme déjà robuste et qui n'avait rien, lui, de féminin. Matthias, à cette époque, avait quelque chose d'un ange ou de ces jeunes chevaliers ambigus qui regardent passer les siècles d'un regard sournois sur les fresques florentines de la Renaissance.

De concert avec ma grand-mère, le préfet du collège, qui était chauve, donc particulièrement enragé contre toute exubérance capillaire, décida de renvoyer Matthias jusqu'à ce qu'il se soumette et passe chez le coiffeur. Mon frère accueillit cette nouvelle avec joie. Il détestait le collège, ses contraintes, ses odeurs et la bêtise de ses enseignants dont l'abbé Zehner, professeur de français, remportait le pompon. C'est lui qui, un jour, avait répondu à Matthias qui, en ce temps-là, se prenait pour Fabrice del Dongo et truffait ses dissertations de citations stendhaliennes : « Oh! fous safez, Fäber, fotre Stenthal, il passera pien te mote! »

En réalité, la musique était tout ce qu'aimait mon frère. Tout ce qui produisait un son, une note, le réveillait et le mettait en joie. Enfant, il savait faire chanter les verres de cristal ou s'inventer des flûtes dans des tiges de sureau ou des étuis de cigares et transformer en instrument de percussion n'importe quel objet résonnant.

La passion de la musique l'avait rendu habile. Il s'était fabriqué des amplificateurs de son invention et soudait des pièces inédites pour perfectionner son électrophone. On avait même dû l'empêcher de trafiquer les cordes du quart-de-queue ancestral qui ne rendaient pas, à son avis, les sons qu'il aurait aimés.

Car Matthias avait appris à jouer du piano. Il y improvisait des symphonies échevelées où la langueur succédait à la syncope. La vieille demoiselle Schoultz, qui venait lui donner des leçons, l'écoutait, effarée. Elle ne comprenait pas comment, à partir des *Classiques favoris,* son bizarre élève pouvait faire sonner de pareilles élucubrations.

Elle adorait Matthias et aurait aimé qu'il devînt un grand concertiste ou un organiste en renom. Mais Matthias, c'était évident, ne prenait ni le chemin de l'Opéra, ni celui de la cathédrale.

Un jour, il découvrit au grenier une pile de partitions annotées et une longue boîte noire piquetée d'humidité. C'était, dans son écrin, la clarinette du grand-père Elie qui avait appartenu – on le lisait dans le couvercle – à la Musique du 3e Zouave de Constantine, en 1903. L'instrument, comme neuf, dormait dans un creux de velours, entouré de ses anches de roseau taillées de la main même d'Elie.

Matthias, fou de joie, avait d'abord essayé d'en jouer tout seul puis il avait supplié ma grand-mère de lui faire prendre des leçons à l'Ecole de musique.

Les exercices de Matthias étaient exaspérants. Passé l'époque des couacs en tout genre, il nous fallut subir la répétition des mêmes phrases musicales, pendant des heures.

On finit par l'exiler au grenier d'où nous parvenait, plus assourdi, le solo de *Lucrèce Borgia* de Donizetti.

Puis, Matthias découvrit le jazz et l'on n'entendit plus parler que de Barney Bigard ou Claude Luter. Avec deux anciens condisciples de son collège, il forma un trio, ajoutant batterie et guitare à sa clarinette.

« A quoi tout cela va-t-il te mener? se désespérait Martha Eschenbrenner. Tu aurais pu t'occuper de l'imprimerie avec ton oncle mais, sûrement, tu finiras comme un romanichel !

– Mais oui, mais oui, répondait Matthias. Un vrai romanichel ! Et quand vous serez bien vieille, ma grand-mère, je vous emmènerai dans ma roulotte. Nous jouerons dans les villages et vous direz la bonne aventure... Et Véréna aussi. Elle aura épousé un prince mais qui aura été si ennuyeux qu'elle l'aura quitté pour venir nous rejoindre. Elle sera funambule. Elle glissera sur un fil, en plein ciel, avec des chaussons de soie... Vous verrez, la vie sera très amusante, vous verrez... »

Parfois, Matthias apportait sa clarinette et tournait autour d'elle en jouant la *Sérénade* de Toselli, encore une des partitions du grand-père Elie. Il avait découvert un jour le pouvoir de cet air sur ma grand-mère. Dès les premières notes, son visage se transformait, s'embuait d'une vapeur de jeunesse. Tel Orphée charmant une divinité redoutable, Matthias faisait aller ses doigts sur les clefs de l'instrument et la main de Martha battait la mesure du passé tandis qu'elle fredonnait, l'air drogué, « *Viens, le soir descend et l'heure est char-meu-se...* ». Sûrement, le grand-père Elie avait dû la draguer sur cet air-là. Dès que les dernières notes étaient achevées, l'enchantement tombait et Martha Eschenbrenner revenait parmi nous, la grogne aux lèvres. Matthias m'a toujours dit que, quand elle serait sur le point de mourir, il irait à Strasbourg lui jouer la Toselli, pour la faire basculer de l'autre côté, en douceur.

« JE veux aller à Paris, dit Matthias.

– Moi aussi, dit Véréna.

– A Paris, on se perd », dit Martha.

Et, toc ! De son médius droit, elle renfile, d'un coup sec, une épingle qui prétend s'évader de son chignon. Mais ni Véréna ni Matthias ne sont des épingles dans le chignon de Martha.

Pourtant, quand elle affirmait : « A Paris, on se perd ! », Martha savait ce qu'elle disait. A Paris, on se perd, corps et âme. On est égaré, asphyxié, étourdi, volé, écrasé, scandalisé, assourdi et même énervé. Elle avait passé toute une semaine à Paris, en 1937, avec ses deux fils qui voulaient voir l'Exposition. Et il ne lui était arrivé que des misères. Elle s'était perdue, boulevard de Sébastopol, avait attrapé le tournis place de la Concorde, s'était fait voler son sac dans la foule hystérique du Trocadéro. Ajoutez à cela deux jours de nausée pour des huîtres douteuses et une escarbille dans l'œil récoltée sur la plate-forme bondée d'un autobus où un malappris, de surcroît, lui avait pincé le derrière. Sa religion avait été faite à tout jamais : Paris n'était qu'une mégalopole hautaine, malodorante et meurtrière. Un genre de Chicago, tout gangsters et filles nues. Jamais plus elle n'y remettrait les pieds. Et voilà qu'à présent, Matthias et Véréna...

Paris ? Un rêve. Nickel Fink qui y passait toutes ses vacances chez sa tante l'avait bien dit : A Saint-Germain-des-Prés, à Montparnasse, c'était la fête toutes les nuits. Les parents vivaient d'un côté et les enfants, d'un autre. Et tout le monde se connaissait, se parlait. Nickel avait raconté à Matthias qu'à Paris on pouvait baiser toutes les filles, comme on voulait. Et quelles filles, *mein Gott !*

Les filles, bon. Mais ce qui avait surtout intéressé Matthias, c'est ce qu'avait raconté Nickel au sujet de ces orchestres qui se formaient un peu partout, avec de jeunes Américains et des Anglais qui rêvaient tous de la gloire des Beatles. Et Matthias trépignait d'impatience, de désir d'évasion. Il avait vingt et un ans et moi, dix-neuf. J'avais passé mon bac et je voulais m'inscrire dans une fac de lettres. On s'est donc relayés pour faire le siège de ma grand-mère et, pendant trois mois, on l'a harcelée pour qu'elle nous laisse partir.

Finalement, elle a cédé, à deux conditions : que nous habitions ensemble, afin que Matthias puisse veiller sur moi qui n'étais pas majeure, et que nous lui écrivions au moins tous les quinze jours pour la rassurer. Elle nous dit aussi qu'elle ne pourrait nous donner que mille francs par mois, à chacun, pour vivre et qu'il faudrait nous débrouiller pour travailler si nous en voulions davantage. Nous avions complètement oublié ce détail : l'argent, et ces deux mille francs par mois nous semblèrent, tout d'abord, un pactole.

Matthias est parti le premier. Grâce à des amis de Nickel, il a trouvé à louer une chambre de bonne, rue Cujas, au sixième étage d'un vieil immeuble. L'endroit n'était pas luxueux mais on pouvait y vivre à deux et le loyer n'était pas cher. Il est revenu me chercher à Strasbourg pour m'aider à porter nos valises.

Ma grand-mère, l'oncle Johan et la Ribouldingue nous ont accompagnés à la gare dans la Juvaquatre. Partant pour Paris à moins de cinq cents kilomètres, nous étions excités comme si nous allions traverser le monde. Martha avait ses gants gris et son chapeau à voilette des grandes circonstances. Elle restait droite et silencieuse. Sur le quai de la gare, elle nous a embrassés. Les roues du train, déjà, couinaient d'impatience. La grande Martha restait droite et muette. On s'était attendus à des conseils, à des recommandations, à des mises en garde, mais rien. Elle se taisait et son silence nous impressionnait.

Alors Matthias s'est mis à la portière, il a sorti sa clarinette et, à tout hasard, il lui a joué une Toselli *« ... viens... tout est si doux... si plein de promesses... on sent la caresse... des mots d'amour qu'on écoute à genoux... »* Ses yeux ont brillé et j'ai vu quelque chose bouger dans sa vieille joue. Martha Eschenbrenner serrait les dents, ce qui est notre façon, à nous, de maîtriser nos émotions. Puis, elle s'est approchée de la portière.

« Adieu, mes enfants, adieu, mes petits... »

Et elle a ajouté d'une petite voix humble que nous ne lui connaissions pas :

« ... si vous avez faim, si vous avez froid, revenez... »

Et le train a démarré. Tandis qu'il accélérait, ma formidable grand-mère s'est mise à reculer à toute vitesse, à devenir toute petite, l'oncle Johan à ses côtés comme un gros chien triste et la Ribouldingue qui sautillait en agitant un mouchoir.

La fête annoncée par Nickel n'était pas tellement évidente quand nous avons débarqué, Matthias et moi, dans ce Paris du mois d'août. Tous les magasins étaient fermés et, dans les rues livrées aux autocars, il n'y avait que des Hollandais, des Japonais et des concierges, assis à califourchon sur des chaises. Les feuilles des arbres étaient molles, accablées par la canicule. La ville étouffait sous la poussière.

Après six étages montés à pied en traînant ma valise, j'ai eu une crise de désespoir en découvrant le réduit qui serait, désormais, notre logis. Je n'avais connu la pauvreté qu'autrefois, à Munich, mais la pauvreté n'affecte pas les enfants et tout le monde était pauvre à Munich, après la guerre. D'autre part, les années que j'avais passées à Strasbourg m'avaient fait oublier le désagrément de vivre dans un logement exigu.

Celui-ci était sinistre. On ne pouvait même pas rêver d'évasion en regardant par la fenêtre, car la seule ouverture de la pièce était, avec la porte, un châssis de verre qui se soulevait dans la mansarde du toit et restait ouvert, coincé par une tige de fer contre laquelle il fallait faire attention de ne pas se cogner la tête, quand le châssis était refermé.

Un grand lit de métal peint, haut sur pattes, genre lit d'hôpital, encombrait l'espace. Il était assorti d'une affreuse table de nuit, un antique garage à pot de chambre doublé de marbre, une armoire de pitchpin avec un miroir ovale sur la porte, une table de bois blanc et un vieux fauteuil crapaud.

Dans un coin, derrière un paravent de plastique, un robinet d'eau froide gouttait en permanence sur un minuscule lavabo. Les cabinets « à la turque », communs aux locataires de l'étage, étaient au fond d'un couloir sombre, habité d'une permanente odeur de crasse qui se corsait de friture, à l'heure des repas.

Le territoire était maigre pour deux et, très vite, nous avons recommencé à nous bagarrer, Matthias et moi, comme lorsque nous étions enfants.

Dispensé de service militaire à cause de vagues crises d'asthme et servi, jusqu'alors, par ma grand-mère et la Ribouldingue, Matthias ne savait pas ce que c'est que de tenir un balai ni de laver une paire de chaussettes. Il lui semblait évident qu'étant fille, j'allais prendre, tout naturellement, le relais du ménage.

J'ai essayé de mettre les choses au point, immédiatement : chacun s'occuperait de ses propres affaires, mettrait la chambre en ordre et ferait le lit, un jour sur deux.

Alternance impossible à réaliser. Matthias, totalement insensible au désordre, ne comprenait pas pourquoi il fallait « faire » un lit, le matin, alors qu'il suffisait, le soir, de se tirer draps et couvertures jusqu'au menton pour dormir aussi bien. Je ne supportais pas de le voir pisser dans le lavabo tandis que, avec une mauvaise foi évidente, il m'expliquait que la hauteur à laquelle on fixait les lavabos sur les murs les désignait de manière logique et évidente à cet usage. A ma demande, il consentait tout juste et en grognant à ôter ses chaussures avant de se vautrer sur le lit. Il me traitait de maniaque, de poseuse, et déclarait qu'il ne supporterait jamais que je lui donne un ordre.

Bref, nous avons découvert, jour après jour, les inconvénients de la vie en commun sur un espace réduit. Nous n'étions pas différents, en cela, de tous les jeunes couples d'étudiants fauchés mais nos bagarres à nous ne se terminaient pas en étreintes amoureuses dans le creux d'un lit.

Au contraire. Obligés de partager la même paillasse – car on ne pouvait appeler matelas la mince galette de laine écrasée à travers laquelle les ressorts détendus du sommier nous entraient dans les côtes, nous avions tracé une frontière imaginaire qui partageait le lit en deux et donnait lieu à toutes sortes de représailles si le pied de l'un ou la fesse de l'autre débordait sur le territoire du voisin.

Passant par le lit, cette frontière sépara bientôt la chambre entière, dessinée à même le plancher, à la craie. Et nous imaginions des provocations territoriales qu'Israéliens et Palestiniens nous envieraient aujourd'hui.

Le « côté » de Matthias était vite devenu indescriptible. Il y traînait des vêtements, des livres, des partitions musicales, des paquets de cigarettes vides et toutes sortes de débris.

La rente de ma grand-mère que nous avions cru inépuisable avait fondu rapidement dans l'achat des quelques objets indispensables à notre vie courante. A dix jours de notre première fin de mois, il nous restait à peine trois cents francs pour deux.

La fierté nous empêcha de télégraphier à Strasbourg pour obtenir une rallonge que l'on ne nous aurait peut-être pas refusée. Que faire ? Il n'était pas possible de trouver du travail en ce mois d'août dans cette ville où nous ne connaissions personne. Il fallait absolument tenir pendant ces dix jours avec le peu d'argent qui nous restait. Nous avons acheté plusieurs kilos de lentilles pour être sûrs d'avoir au moins ça à manger jusqu'à l'arrivée du prochain mandat.

Au début, ces restrictions alimentaires ne nous ont pas tellement affectés. Elles faisaient partie de ce prix dont il faut, paraît-il, payer la liberté. En cela, elles avaient à nos yeux quelque chose d'héroïque.

On a découvert que la faim se domestique assez

facilement. Un litre de lait par personne, bu à petites gorgées et renforcé d'une demi-baguette de pain mastiqué lentement, le matin, pouvait nous permettre d'attendre le soir, à condition de ne pas fournir trop d'efforts physiques.

Restaient la gourmandise et l'imagination concupiscente que le manque d'aliments développe. L'abstinence nous avait aussi raffiné l'odorat. Nous évitions de passer devant les restaurants et les brasseries d'où s'échappaient de torturants fumets. Dans une simple boulangerie, nous arrivions à dissocier une foule d'effluves qui nous faisaient identifier de moelleuses brioches tout juste sorties du four, des tartes aux pommes tièdes dont la surface mordorée se voilait d'un léger caramel ou d'inaccessibles frangipanes dont les flancs laissaient voir des strates de pâte d'amande fraîche.

La loge de notre concierge elle-même irradiait d'oniriques odeurs d'échalotes blondissantes. On devinait, au passage, ce qui clapotait doucement dans les chaudrons de la vieille, les daubes, les navarins, les ragoûts, les potées, les rôtis, les coulis, résultant de cette vieille alchimie gauloise qui réjouit les plus humbles canfouines. On aurait donné notre âme pour être invités chez la concierge.

Durant ces jours de vache maigre, ma gourmandise frustrée m'inspira un jeu sadique dont Matthias devint la victime fascinée. Non seulement je lui décrivais les menus fabuleux des gueuletons que nous ferions, plus tard, quand nous gagnerions de l'argent, ou si, par bonheur, la miséricorde divine nous faisait buter du pied contre un portefeuille de milliardaire perdu sur le trottoir, mais encore je lui racontais des plats imaginaires, les décrivant avec une foule de détails visuels, tactiles et olfactifs dont l'exposition dépassait en effets physiques ceux du plus porno des romans pornos.

Je m'excitais moi-même au feu de mon imagination et cette masturbation gustative, quand elle atteignait son but, me donnait tous les pouvoirs sur mon frère dont la gourmandise égalait la mienne. Matthias écoutait, frémissant, le récit du gigot frotté d'ail et d'huile d'olive qui pleure son jus à travers une grille brûlante, sur un matelas de pommes de terre dont les tranches coupées finement s'entremêlent d'oignons, de crème fraîche, de noisettes de beurre et de fromage râpé.

En rongeant mon bout de baguette, je lui dévoilais les secrets du triomphe de Martha Eschenbrenner, cette choucroute blonde démêlée à l'eau claire et qui frémit doucement dans les vapeurs du Gewürztraminer, des viandes roses, des grains d'anis et de genièvre, jusqu'à l'hommage final du petit verre de kirsch qui enchante le chou brûlant.

Ah! nous étions loin, dans notre misère, de la Lettonne Véréna qui rongeait ses glands dans la plaine aux loups. Matthias m'écoutait, l'œil vague, la bave aux lèvres, l'estomac tordu de désir. Il riait, pleurait et me suppliait d'arrêter mes élucubrations infernales.

J'arrivai même à détourner, grâce à la puissance de mes évocations culinaires, l'attention, pourtant vive, qu'il portait aux filles.

Un jour, au jardin du Luxembourg, le regard de Matthias avait pris subitement cet éclat que je connaissais, fixe et velouté à la fois, avec croisement de cils à la myope d'où s'échappait un pointillé presque visible, qui atteignait, en général, une personne du sexe. Et il y avait, en effet, ce matin-là, une créature de luxe, au bout du pointillé. Une grande bringue genre mannequin retour des Bahamas, peau de cuivre et toison fauve, avec des yeux de piscine, des dents de réclame et une mince robe d'été, un souffle d'étamine bleue, à peine accrochée aux épaules, aux bouts des seins et qui la faisait plus nue que nue. La créature était nonchalamment posée de travers sur un fauteuil de fer, un panier d'osier à ses côtés. Une espèce de fée en sandalettes blanches qui affectait de prendre le soleil, la tête inclinée en arrière sur le dossier de son siège, ses longues mains brunies pendant de chaque côté des accoudoirs, les pieds posés sur le rebord du bassin où des petits Chinois faisaient clapoter leurs sous-marins. Cette position, en remontant la robe, découvrait ses longues jambes et même, à notre vue, le vague triangle blanc de sa culotte dans l'ombre dorée des cuisses.

Evidemment, elle avait repéré, elle aussi, à cinq

mètres à peine de distance, la fascination qu'exerçait sa personne sur Matthias. Et, en un clin d'œil, apprécié le jeune homme, dont l'aspect était plutôt attrayant. Et elle répondait silencieusement à son intérêt, en femelle regardée qui s'étire au soleil avec toutes les singeries d'usage qui recèlent l'éternel code des appels. Et je m'étire et je me tortille et je remonte un peu ma jupe, mine de rien, en affectant, au contraire, de la tirer sur mes genoux, et je bombe les miches en soupirant et je plante mes lunettes de soleil dans ma tignasse, et je pose ma main à l'envers sur les yeux pour regarder sournoisement entre mes doigts et je mordille ma cigarette avec mes dents à trier le caviar...

A côté de moi, Matthias ne tenait plus en place, prenait des tics de rut, se mordillait les lèvres, esquissait des demi-sourires.

Je savais que, moi présente, il ne tenterait aucune approche de cette fille, par pudeur et souci de dissimulation. Mais je savais aussi qu'il avait une furieuse envie de me voir disparaître; qu'il rêvait que la terre s'entrouvre sous ma chaise et m'engloutisse instantanément, pour être seul et bondir sur la tentation en voile bleu. Je sentais, en même temps, que ma présence rassurait celle-ci, d'une certaine façon, et la rendait plus hardie dans sa provocation silencieuse, en face du jeune homme inconnu.

Je jouissais sournoisement de mon importunité tout en enrageant du courant sensuel qui circulait entre ces deux animaux, prise d'une jalousie subite, incontrôlable, que je n'ai jamais pu éviter, tout en la jugeant stupide, chaque fois que j'ai été témoin d'un désir de mon frère pour une femme; tyrannie qu'il exerce aussi, d'ailleurs, à mon égard.

Que faire pour briser l'entente, l'attraction silencieuse de ces deux-là ? Pour couper la fascination du cobra sur la gazelle? Il aurait été bien inutile de faire remarquer à Matthias qu'elle avait des salières dans le décolleté et des coudes à rayer les baignoires. Difficile de lui trouver un défaut rédhibitoire. Elle était de ces femmes dont la puissance de grâce et de féminité vous transforme immédiatement, par comparaison, en chasseur alpin, et j'étais troublée, moi-même, par l'attraction sensuelle qu'elle exerçait. Alors ? Glisser une main d'amante dans le cou de mon frère pour faire croire que la place était tendrement occupée ? Dans l'état où il était, je risquais la rebuffade la plus vivement fraternelle et la plus humiliante pour moi, vue du bassin.

Cependant, la pendule du Sénat marquait midi et des promeneurs croquaient dans des sandwiches.

« Un sandwich ? dis-je. Bof, je me taperais bien plutôt un lièvre à la royale... »

Les cils de Matthias bougèrent.

« ... un beau civet de lièvre, continuai-je à mi-voix, bien mariné depuis deux jours dans un vieux

Chambertin, avec des carottes, de la girofle, de la muscade... »

Les lèvres de Matthias s'entrouvrirent. Le cobra lâchait la gazelle.

« ... avec une gousse d'ail, de l'estragon et des petites échalotes mauves... »

Et je m'arrêtai net.

Matthias, la tête renversée en arrière, avait fermé les yeux.

« Continue », implora-t-il.

Alors, d'une voix caressante, un peu sourde, je décrivis la chair du lièvre cuit, sa couleur, d'un sombre laque de garance, et la sauce brune, onctueuse, veloutée, parfumée de thym, de sarriette, de laurier (j'ajoutai même de bruyère sans que Matthias bronchât).

En face, la fille, consciente d'un abandon subit, avait rabattu sa robe pour de bon et ouvrait un livre, vexée.

« ... avec des petits oignons? souffla Matthias dans un râle.

– Bien sûr! Des petits oignons blonds, fondants, glacés au beurre et au vin blanc... »

Je venais tout juste d'ajouter du fond d'artichaut, des champignons et des petits croûtons frits quand Matthias reprit pied dans la réalité. A côté du bassin, le fauteuil de la fille était vide.

« Tu es peut-être une bonne cuisinière, dit-il, mais tu es sûrement une fieffée salope! »

« ... cette jalousie que vous éprouvez pour votre frère... vous disiez qu'il a le même sentiment à votre égard? Vous avez même employé le mot *tyrannie*... Pouvez-vous me donner quelques précisions à ce sujet? Jusqu'à quel point votre frère est-il jaloux de vous et de quelle façon exerce-t-il cette tyrannie? Vous surveille-t-il? Intervient-il dans vos amitiés ou dans les sentiments amoureux que vous pouvez éprouver?... Je veux dire, de quelle façon? Est-il capable de violence? Avez-vous eu avec lui des scènes pénibles au sujet de... quelqu'un?

– C'est drôle, dit Véréna, vous me parlez comme un psychiatre, si tant est que les psychiatres parlent. D'après ce qu'on m'a dit, ils écoutent plutôt... »

Montabot ne releva pas cette remarque. Il avait lâché sa rafale de questions d'un air détaché, sur un ton de conversation, sans regarder la jeune femme, en gribouillant machinalement sur son carnet, comme s'il s'attendait même à ne pas avoir de réponse. Pourtant, il insista.

– Alors, cette tyrannie ?

– Tyrannie, c'est peut-être exagéré, dit Véréna. J'aurais plutôt dû parler de perfidie. De tendre perfidie. Je ne sais pas si tous les frères ont avec leurs sœurs des rapports semblables aux nôtres mais il est certain que nous n'aimons pas tellement ni Matthias, ni moi, voir l'autre en état de... de possession. Remarquez, je suis sûre qu'il vous dirait que c'est faux en ce qui le concerne, que je suis libre, majeure, et qu'il a d'autre chats à fouetter que de veiller sur mes relations ou sur ma vertu. Il vous dirait certainement qu'il souhaite avant tout que je sois heureuse mais que peu lui importe qui est l'instrument de ce bonheur.

N'empêche que chaque fois qu'il a vu un homme attentif à ma personne, chaque fois qu'il a senti chez moi un élan, une attirance ou une simple curiosité pour tel ou tel (et son flair particulièrement aigu le lui fait pressentir bien avant moi), Matthias s'est arrangé pour m'en détourner. Je crois qu'il est un peu médium. Ou alors, c'est que nous avons des correspondances mentales semblables à celles qu'ont, dit-on, les jumeaux. En plus, Matthias a un don d'observation critique très rapide et qu'il sait utiliser perfidement pour scier mes enthousiasmes à la base. Il détecte les défauts, les tics, les vulgarités, les étroitesses et me les signale avec jubilation. Cela m'exaspère d'autant plus que je suis obligée de reconnaître qu'il a souvent raison.

Une fois, pourtant, je lui ai résisté. Quand j'ai rencontré Antoine Cabestany qui a été mon mari. Et celui-là, pourtant, c'est Matthias qui me l'avait amené.

Après nos débuts difficiles à Paris, on s'est tout de même acclimatés. Nous avions rencontré des gens, nous nous étions fait des amis, Matthias par sa musique, moi par la fac de Nanterre où je m'étais inscrite en lettres. Nous ne roulions pas sur l'or mais, grâce à des travaux marginaux, nos fins de mois étaient moins rudes. On gardait des enfants, je donnais des cours d'allemand, Matthias, parfois, allait jouer dans le métro où il récoltait un peu d'argent. Puis, je ne sais plus par quel truchement, il s'est fait engager dans l'orchestre d'un bar, près des Champs-Elysées.

Alors, la vie est devenue plus facile dans la petite chambre de la rue Cujas. Matthias qui jouait la nuit, y rentrait le matin pour dormir, à l'heure où j'en partais pour Nanterre. On se croisait.

Nous nous retrouvions le dimanche. Parfois nous étions invités chez les uns ou chez les autres; souvent, nos copains venaient chez nous. On parvenait, sur notre minuscule réchaud électrique, à faire cuire de presque vrais dîners que nous mangions, à la romaine, accoudés par terre sur des tas d'oreillers. En effet, chaque nouveau venu, chez nous, était prié d'apporter un oreiller en guise de cadeau. On en a eu très vite une pile qui servaient de sièges et même de matelas. Cette chambre était devenue une sorte de club cosmopolite, de lieu de rendez-vous, de refuge. La clef était déposée en permanence, dans le couloir, au-dessus d'un compteur électrique, ce qui permettait aux invités d'entrer chez nous, à leur guise, même en notre absence.

Cette pratique n'était pas du goût de Barbara, la Sénégalaise qui habitait la chambre voisine. « Tu dois pas laisser la clef de la case comme ça, m'avait-elle dit, un jour. Il y a les voleurs partout. »

On lui avait fait remarquer que nous n'avions rien d'intéressant à voler mais Barbara n'était vraiment pas convaincue par notre confiance. Du coup, la chambre était été baptisée : la case.

Barbara était une gentille négresse de vingt-deux ans, une très jolie Sérère, native de Kaolack. Elle était venue en France pour faire ses études d'infirmière et elle avait été engagée à Cochin où l'on imaginait bien qu'elle devait ressusciter les mourants, rien qu'en traversant leurs chambres. Jamais je ne l'ai vue marcher normalement. Elle avançait en glissant, en dansant, en balançant son petit derrière rebondi qui tendait les tissus de ses vêtements d'une façon infiniment provocante.

Elle s'était prise d'amitié pour nous et surtout pour Matthias que j'ai toujours soupçonné d'avoir été faire des tours dans sa « case » à elle pour d'autres motifs que des visites de politesse. Elle avait remplacé la Ribouldingue et lui rangeait ses affaires auxquelles je refusais, moi, de toucher.

Souvent, quand elle entendait du bruit dans notre case, elle passait le nez par la porte en parlant d'elle à la troisième personne :

« Est-ce que la négresse peut venir ? »

Ou bien elle arrivait avec une bassine fumante et annonçait :

« La négresse a fait du fou-tou ! »

C'était la fête. Assis autour de la bassine de Barbara, nous mangions le mélange de riz et de poisson épicé, en le puisant avec la main comme Barbara disait que cela se faisait à Kaolack. Et elle nous racontait les soleils couchants sur la savane, les doigts crochus des baobabs, les longues pirogues qui bondissaient sur la mer couleur de menthe et les filets alourdis, tirés sur la plage par les hommes du village assemblés. Et il y avait toujours une guitare pour faire danser Barbara, parmi les oreillers de la case Wäber.

C'est dans ces oreillers qu'un soir j'ai trouvé Cabestany, installé comme chez lui. Le sourire de Cabestany, car c'était, de lui, ce qui frappait d'abord : un sourire lumineux, irrésistible qui semblait même demeurer en l'air, longtemps après son départ, comme le sourire du chat du Chester, dans *Alice au pays des merveilles.*

Ainsi, j'ai découvert, dans le crépuscule d'un soir de mai, le sourire ineffaçable de Tony et aussi l'envol de ses mains dont il se servait autant que des mots pour s'exprimer, mimer, expliquer, décrire, pour convaincre : une étonnante gesticulation latine, héritée d'une mère napolitaine.

Matthias me parlait de lui, depuis quelque temps, me promettant sa venue prochaine comme une surprise de choix. Il l'avait rencontré dans une boîte de la Contrescarpe où Tony chantait des chansons de sa composition, en s'accompagnant à la guitare. Pendant le jour, il terminait ses études à l'Ecole dentaire sans enthousiasme mais pour faire plaisir à sa famille et surtout à sa mère dont il était le fils unique et le plus cher souci. Ensuite, il irait s'installer à Perpignan pour travailler avec un oncle dentiste dont il devait prendre la succession. Il lui devait bien ça : après la mort du père de Tony, c'est l'oncle qui s'était occupé de lui, avait payé ses études, etc. L'oncle n'avait pas d'enfants et il était juste que Tony reprît, après lui, le cabinet de l'avenue Ribèrc.

Mon frère, dont la furieuse timidité assurait d'ordinaire la réservc vis-à-vis de l'étranger, s'était enthousiasmé pour la personnalité chaleureuse de Cabestany, pour son assurance, sa faconde, ses culbutes et son invulnérable bonne humeur, alimentée par un souci constant, impératif, de plaire.

J'ai compris très vite la raison de cette attirance. Tony, tout en superficie, en légèreté, était le contraire de nous qui appartenons à cette espèce à nuque raide, farouche et peu familière, qui ne se laisse apprivoiser que lentement, comme à regret, mais chez qui les sentiments, enracinés en douceur, demeurent longtemps profonds et difficilement destructibles. Tony, lui, se jetait au cou des gens, les étourdissait de charme, de cabrioles, de comédie pour forcer l'attention et séduire à tout prix. Dans les figures symboliques du Tarot, Tony aurait été le Bateleur, l'illusionniste, celui qui s'agite, éblouit, promet, persuade, jongle avec la vie et la mort, embobine le destin pour faire semblant d'en maîtriser les hasards. Près de lui, nous nous sentions lourds, rigides comme des sabres de collection, alors que Tony, fleuret léger, détenait tous les pouvoirs de la souplesse et du passe-passe.

« Matthias m'a chargé de vous dire qu'il ne jouait pas ce soir, dit Tony. Il nous rejoindra pour dîner. Il m'a dit de venir l'attendre ici et m'a expliqué où vous mettiez la clef. »

Qui a créé la légende de l'intuition féminine ? Qui a raconté que nous sommes averties, au premier regard, de l'importance qu'un homme va prendre dans notre vie ?

L'apparition de cet Antoine Cabestany que j'allais aimer, épouser, qui me ferait un enfant, dont j'allais partager la vie pendant deux ans et ternir le sourire pendant trois semaines, ne déclencha chez moi aucune émotion particulière, ce jour-là.

J'ai seulement remarqué que je lui arrivais à peine sous le menton, quand il s'est déplié de dessus mes oreillers. Tony était très grand et très brun – vous voyez je dis *était* comme s'il était mort... Toute sa personne respirait la force et la santé. Ses traits qui n'étaient pas d'une régularité parfaite (yeux légèrement tombants vers les tempes, nez un peu trop fort, une certaine mollesse dans le menton) étaient cependant agréables. Un beau type méditerranéen dont on pouvait prévoir que, passé la quarantaine, il aurait tendance à chauvir et à rondouiller. Mais, pour l'instant, il avait vingt-deux ans, le ventre plat et les cheveux drus.

Il a tenu à m'accompagner pour aller acheter à dîner, avant le retour de Matthias. Non, nul trouble en moi à cet instant-là. Il est vrai que je n'avais pas encore l'habitude d'être troublée par les hommes. Je me suis réveillée tard. Je rêvais d'un amour fou, immense mais dont je ne savais rien. Bon, c'est idiot mais j'attendais un prince charmant foudroyant, un prince-pirate plutôt blond, un mélange de Tristan, de Lancelot du Lac, de Rhett Butler et de cet homme épatant, Solal, le héros de *Belle du Seigneur*. Je l'attendais tranquillement, sûre qu'il viendrait à son heure et, en attendant, j'entretenais avec toute l'espèce masculine des rapports garçonniers et fraternels. En tout cas, Antoine Cabestany était loin du prince-pirate.

Je me souviens seulement de m'être étonnée de l'être si peu de sa présence à mes côtés. Je le connaissais depuis moins d'un quart d'heure et, pourtant, il me semblait naturel qu'il choisisse ma salade et me porte mon pain. Tony était un de ces êtres mélodieux dont on se demande, à peine ont-ils apparu, comment on a pu se passer d'eux si longtemps.

A partir de ce jour, il ne nous a plus quittés. Nous allions l'écouter chanter dans sa boîte ou il venait passer ses soirées chez nous où il improvisait avec Matthias des complaintes délirantes que, bien entendu, personne d'autre que nous ne chanterait jamais.

Tony nous faisait rire par ses dons d'acteur qu'il exerçait sans cesse. Il dansait bien, il jouait du piano, il avait une jolie voix légèrement ténorisante. Parfois, il se lançait dans un numéro de claquettes, en pleine rue, attirant autour de lui un cercle de badauds réjouis. Cet entourage, l'attention dont il était l'objet, le rendaient étincelant. Il savait aussi imiter tous les accents du monde et en usait de façon cocasse, engageant la conversation avec des inconnus qui se laissaient prendre à ses avatars.

Tony, fils unique, avait été couvé par une mère, amoureuse et fragile, qui avait concentré sur lui tous ses espoirs. Le père de Tony était mort quand il avait dix ans. Lisa Cabestany ne s'était jamais remariée et son fils était devenu l'unique objet de son amour. Elle n'était pas la seule : toute une famille éblouie avait tourné autour du petit garçon, la grand-mère, la tante Solange, l'oncle André. Une famille à principes qui exaltait le travail et l'effort. Une famille de souche paysanne qui poussait son précieux rejeton vers ce qu'elle considérait comme un avenir solide. Ainsi, Tony avait été élevé dans l'obsession de la réussite. A coups de pied par l'oncle, qui avait des principes d'éducation rigides, à coups de larmes par la mère qui semblait en avoir un réservoir inépuisable. Son Tony devait être le plus beau, le plus fort, le plus récompensé.

L'enfant était doué. Mis à l'école de bonne heure, il avait eu ses bachots à quinze ans. La famille s'était alors employée à le pousser, à le surchauffer, comme un moteur qu'on gonfle pour en tirer plus que le maximum. On voulait en faire un professeur. On le dirigea donc sans tarder vers la licence de lettres, direction Normale sup.

Tony, après avoir toute son enfance, récolté des prix d'excellence, des félicitations mutiples et toutes sortes de mentions flatteuses, s'était effondré subitement à dix-huit ans, essoufflé, bloqué, vidé. Une indigestion d'étude. Il n'en pouvait plus de ce mouvement accéléré, de ce furieux engrangement de connaissances théoriques qui l'avait privé du bonheur de la flânerie et de la découverte personnelle. Faculté, programmes, étudiants, profs, copies à rendre, tout cela, brusquement, lui sortit par les trous de nez. Il explosa et déclara à sa mère, que plus jamais de sa vie, il n'ouvrirait un livre et que son plus cher désir était de devenir clochard.

La maman sanglota, l'oncle devint tout bleu, la tante Solange ouvrit la bouche, hébétée, la grand-mère creva en proférant des malédictions mais Tony, pendant toute une année, traîna à ne rien faire, tour à tour goguenard et sombre tandis que de légers tics nerveux faisaient trembler son visage. La seule occupation qui semblait le sortir de son marasme, c'était de jouer de la guitare et de composer des chansons dont personne n'osait comprendre les paroles.

La famille s'affola. Avait-on couvé un saltimbanque ? Un déséquilibré ? On le poussa vers l'armée. Après tout, autant qu'il se débarrasse tout de suite de son service militaire. Tony fut affecté au 1er Hussard de Tarbes. Et là, curieusement, la vie rude des classes eut, sur lui, un effet roboratif. Le bon élève se réveilla. Il choisit de faire une école d'officiers, travailla d'arrache-pied ses cours militaires comme il avait, naguère, potassé ses versions grecques. Il fut accepté à Saumur, et la famille Cabestany se rasséréna quand Tony, en permission, débarqua à Perpignan, en tenue jaspée et en képi bleu ciel, avec ses galons tout neufs et son menton relevé.

Sa mère exultait. Elle exigea de faire un tour de ville avec, à son bras, son jeune lieutenant en uniforme. Tony semblait calmé. Il l'était, en effet, et il accepta d'entrer à l'automne suivant à l'Ecole dentaire pour, plus tard, succéder à l'oncle.

Mais, au fond de son cœur, restaient la guitare et les mots qu'il aimait tant mélanger à ses accords. C'était entendu, il ferait ce qu'il avait promis mais tourner toute sa vie autour d'un fauteuil de dentiste ne satisfaisait pas son goût de l'exhibition. Tony voulait être regardé, applaudi. Il voulait des ovations, des triomphes. Il se rêvait, ruisselant de sueur, dans les lumières multicolores, entrecroisées d'une scène, seul derrière son micro, tandis que des filles hurlantes d'adoration gesticulaient à ses pieds, prêtes à lui arracher ses boutons, que les fauteuils se brisaient dans la salle en son honneur et qu'une foule déchaînée scandait son nom.

Malheureusement, les chansons de Tony n'avaient pas encore l'audience qu'il souhaitait. Il les chantait bien, ici ou là, dans des boîtes de la rive gauche, où il recueillait parfois de petits succès; où, le plus souvent, les conversations des consommateurs submergeaient ses mots. Et Tony, le pied sur une chaise, la guitare sur un genou, grattait, chantait et enrageait derrière son éblouissant sourire. Aucune maison d'éditions musicales n'avait encore voulu aventurer de l'argent sur cet inconnu pour enregistrer ses chansons en disques.

La rencontre de Tony et de Matthias avait été une sorte de coup de foudre réciproque. Matthias pour les raisons que j'ai dites et Tony, à cause de cette passion pour la musique qui dévorait la vie de mon frère.

Matthias, en effet, ne pensait qu'à cela, y concentrant toutes ses forces, tout son temps, toute sa volonté. Après ses expériences de Strasbourg, après le solfège, le piano et la clarinette, il avait découvert, émerveillé, le saxophone. Il s'était endetté et privé pour en acheter un d'occasion. En même temps, il s'était inscrit à la Schola Cantorum où il apprenait l'harmonie, la fugue, le contrepoint.

Avec d'autres fanatiques, il expérimentait des manipulations de sons, cherchait des percussions bizarres, des vibrations inédites. Il intriguait, trouvait des combines invraisemblables pour assister à des concerts et approcher des musiciens qu'il admirait. Une nuit avec la plus belle des filles l'aurait moins intéressé qu'une heure avec Archie Shep ou même avec un de ces jeunes Anglais qui étaient en train de découvrir le rock électronique spatial. Matthias avait réussi à partir une semaine pour Londres avec Syd Barrett, le fou, le génial guitariste des Pink Floyd qu'il avait rencontré au Rose Bud.

La musique l'habitait complètement. Quand il ne jouait d'aucun instrument, il jouait dans sa tête. Des rythmes inaudibles agitaient ses genoux, il battait la mesure en rêve. Matthias rêvait beaucoup. Il rêvait de San Francisco où il irait un jour, où tout est possible. Un jour, il aurait son groupe à lui.

Tony l'écoutait, subjugué. L'apprenti dentiste qui jouait de la guitare et chantait en dilettante pour se faire de l'argent de poche, tout en souhaitant une gloire aussi bruyante que miraculeuse, découvrait soudain des horizons nouveaux. Ainsi, la musique pouvait être autre chose que le résultat approximatif d'un don naturel, une distraction à pratiquer en guise de récréation, entre deux occupations sérieuses ? Il n'avait pas été élevé dans ces idées-là.

Matthias le bousculait ferme.

« Tu ne peux pas être à la fois dentiste et musicien, lui disait-il. Il faut choisir. »

Il lui faisait découvrir ce qu'on peut tirer d'une guitare et d'une voix, cet autre instrument. Entraîné, galvanisé par Matthias, Tony se mit à travailler, lui aussi. Il écouta Jimmy Hendrix et David Gilmour. Il délaissa sensiblement la technique de pose des pivots et des bridges pour approfondir celle des riffs et des phasings. Le style de ses chansons changea. Tony s'émancipait. Il acheta même une guitare électrique, sans le dire à sa mère, avec de l'argent destiné à du matériel médical.

En échange, il offrit le bonheur du rugby à Matthias. C'était un jeu de son pays qu'il avait dans le sang, depuis sa naissance. Il était trois-quarts aile dans une équipe universitaire. Il y entraîna Matthias, d'abord méfiant puis très vite conquis par les subtilités de ce jeu passionnel. L'agilité de Matthias, son goût de la précision faisaient merveille à l'arrière et je les récupérais tous les deux, les soirs de match, couverts de bleus, crottés, déchirés, puants mais dans un état de bonheur avancé.

QUAND l'été est venu, Tony nous a proposé de l'accompagner à Collioure où sa famille avait une petite maison au bord de la mer. Une maison dans les vignes qui avait été construite par son grand-père paternel et où il avait passé tous les étés, depuis son enfance. Il y avait même un petit dériveur qu'on lui avait offert quand il avait eu son deuxième bachot.

Nous y serions seuls, car la mère de Tony avait décidé que l'air marin et la chaleur lui donnaient des migraines. D'autre part, la vie, dans ce village, n'était pas chère.

Nous étions fous de joie, Matthias et moi, car nous n'avions jamais vu la mer et nous ne savions pas ce que c'était que la vraie chaleur du Sud.

Les garçons sont partis les premiers, sur la moto de Tony. Je les ai rejoints par le train. Tony m'attendait à la gare de Perpignan. En vingt-quatre heures, il avait déjà changé de visage. Dans son pays d'origine, il prenait un éclat singulier. Je l'ai vu, en sortant de la gare, qui m'attendait, souriant, les bras nus, en espadrilles, les pieds solidement posés sur *son* sol. Ses couleurs allaient avec celles du paysage. Je l'ai trouvé beau.

Il a arrimé mon sac sur le réservoir de sa moto, je me suis assise derrière lui et nous avons filé par des routes de traverse pour éviter les gendarmes qui n'aiment pas les motards sans casque.

Tout le long de notre route, Tony, souverain, leva la main pour répondre, ici ou là, à des signes de bienvenue. Le fils Cabestany était de retour et cela mettait une satisfaction évidente sur les visages de ceux qui l'avaient connu grand comme ça. Les vieux suivaient du regard le fils de Lucien qui passait en trombe dans la poussière dorée du soir. Ils étaient curieux de la jeune fille dont les cheveux blonds flottaient derrière le garçon au vent de la course. Tel père, tel fils, voilà que le Tony, lui aussi, apportait une étrangère.

Ses bras noués autour de Tony, sa joue appuyée sur son dos, l'étrangère se laissait emporter, soûlée par le voyage, le parfum épicé de l'air, le vacarme inconnu des cigales et, soudain, à un détour de la route, la surprise d'argent et de turquoise : la mer.

La maison basse était invisible de la route. Une maison de paysan, construite solidement, à deux mains et sans fioritures. Crépie d'ocre, elle s'allongeait, toute en rez-de-chaussée, enfoncée jusqu'aux tuiles rondes dans l'exubérance d'un jardin à l'abandon. Des chênes-lièges et des eucalyptus surgissaient d'un fouillis de roseaux, de citronniers, de grenadiers, d'amandiers et d'aloès aux longues piques bleues.

Matthias nous attendait, assis sur la terrasse qu'un paillon de roseaux devait protéger du soleil dans la journée. Une vigne grimpait, le long de l'armature de bois, et des raisins pas encore mûrs mais de vrais raisins y pendaient.

La maison carrée était partagée par un large couloir qui la traversait de part en part et donnait accès à un salon, une salle à manger, deux chambres et, sur l'arrière, une cuisine et une salle de bain rudimentaire ouvertes sur un enclos où l'on voyait un puits recouvert, un préau et un poulailler désaffecté, à ciel ouvert, au milieu duquel un figuier trapu avait pris racine.

Ni eau courante, ni électricité. Le grand-père avait jugé ces dépenses inutiles. On tirait une eau fraîche du puits et, le soir, on s'éclairait avec des lampes à pétrole.

Le sol était entièrement recouvert de dalles d'une pierre rosée, légèrement poreuse, sur laquelle on jetait, le matin, des seaux d'eau qui y maintenaient la fraîcheur toute la journée.

Une vraie cave de vigneron, indépendante, était ouverte dans le jardin. On y accédait par un escalier abrité d'un auvent de paille. Il y faisait si frais qu'on pouvait y conserver des légumes et des fruits. Un peu à l'écart, dans le jardin, un petit édifice à toit de tuiles abritait des cabinets antiques où deux cuvettes serties dans un banc de bois évoquaient de curieuses défécations conjugales.

La maison était faite pour protéger de la chaleur. Ses ouvertures étroites étaient doublées d'un châssis tendu d'un léger grillage qui laissait passer l'air sans les insectes. Des moustiquaires accrochées au plafond sur des cercles de bois enveloppaient les lits et leur donnaient l'air de berceaux. Nous étions là, au bout du monde, étourdis par la chaleur, les effluves résineux, les stridences qui traversaient la nuit inconnue. On s'est endormis en écoutant le bruit de la mer qui déferlait sur le rivage, de l'autre côté de la route.

Le temps n'existait plus. Les nuits s'abattaient sur des jours anonymes dont seuls émergeaient les dimanches signalés par des sons de cloches différents et par les chemises empesées des hommes qui jouaient aux boules sous les platanes.

Tony avait emprunté des bicyclettes qui nous rendaient indépendants. Au réveil, nous allions nous jeter dans la mer et nous nous laissions porter par les vagues jusqu'à ce que le soleil devienne insupportable et notre faim impérative. Alors, nous descendions vers l'ombre du village dans un restaurant minuscule où les plats n'étaient pas chers. L'orgeat coupé d'eau fraîche était un bonheur après la sécheresse de la route. Nous remontions des provisions pour le dîner. Les tomates et les pêches étaient si abondantes qu'on nous les donnait presque.

On tutoyait Tony jusque sur le port où il choisissait la barque qui nous emmènerait le lendemain à la pêche. Matthias était fou de la pêche. Il pouvait rester des heures à tirer des lignes de traîne, attentif à la moindre secousse, fasciné par les pièges des cuillères, des leurres de plumes ou de plastique qui se tortillaient au bout de ses fils dans l'eau transparente. La nuit, les lamparos clignotaient sur la mer. Nous les regardions s'éloigner, assis sur la jetée du port. L'air sentait la corde mouillée, le goudron et l'anchois.

Tony était infatigable et nous entraînait partout. Dans la montagne, à Saint-Martin-du-Canigou. Il nous offrait des cloîtres insoupçonnables, de sauvages églises catalanes où se tordaient des Christ tourmentés, des statues de Maillol, des bistrots perdus où des peintres avaient laissé en paiement des toiles admirables sur lesquelles couraient les mouches et qui voisinaient, pas fières, avec des chromos de calendriers et des réclames d'apéritifs. Tony nous faisait traverser des forêts bruissantes d'insectes bizarres. Il savait toujours, mystérieusement averti, où avait lieu, le soir, une fête ou un bal de village. Nous partions, en stop, danser des sardanes dont Matthias notait les airs sur des bouts de papier.

Une paresse heureuse nous habitait tous les trois. En arrivant, Tony avait sorti son bateau du hangar et s'était aperçu que la coque dont la peinture s'était craquelée avait besoin d'être repeinte avant d'être mise à l'eau. On l'avait aidé à rouler le bateau sur la plage, et tous les jours, on se proposait de se mettre à l'ouvrage, dès le lendemain. Tout était prêt pour cela. Tony avait acheté la peinture, le mastic et le papier à poncer. Et tous les jours, nous remettions cette tâche au lendemain. Juillet passa puis la moitié d'août. La peinture du bateau était devenue un sujet de plaisanterie.

Un soir, Tony nous annonça d'un ton ferme que, qu'on le croie ou non, il s'y mettrait pour de bon, dès le lendemain matin. Qui l'aimait n'avait qu'à le suivre.

« Pas de chance, dit Matthias. J'ai rendez-vous à sept heures avec Jean Gabarras. On va remorquer une barque jusqu'à Port-Vendres et pêcher en revenant.

– Moi, je t'aiderai », dis-je à Tony.

Je vous jure que, cette fois encore, je n'ai rien pressenti. C'était la première fois de l'été que je me trouvais seule avec Tony. Matthias était parti de très bonne heure rejoindre Gabarras sur le port. Il ne nous avait même pas réveillés en partant.

Toute la matinée, nous avons gratté le bateau, Tony et moi, riant à l'avance de la tête que ferait Matthias quand il verrait qu'enfin la velléité s'était transformée en acte.

A midi, nous étions descendus au port, affamés, desséchés par les nombreux bains que nous avions pris depuis le matin pour nous rafraîchir.

« On va faire la fête, dit Tony. Puisque Matthias nous a abandonnés, on va s'offrir un déjeuner avec une bouteille de vin. On l'a bien mérité. »

Un petit vent délicieux traversait la terrasse de la mère Fourques. Ce n'était pas un vrai restaurant. Trois tables seulement où s'asseyaient surtout les gens du pays. Les touristes préféraient s'installer aux terrasses du port où de vrais garçons de café en blouse blanche leur présentaient des additions spécialement conçues pour l'été, tandis que Sheila braillait dans un juke-box qu'elle n'était qu'une petite fille de Français moyens.

Pas de musique sous la tonnelle de la mère Fourques mais des rougets tout frais, des salades de poivrons, des tranches de pastèque, du fromage de chèvre et un vin du pays, sans étiquette, lourd et frais, velouté, violet, qui sentait la framboise égarée dans la mousse d'un sous-bois.

Bref, je suis repartie un peu ivre sur la moto de Tony que le fou rire faisait zigzaguer à cause d'une devinette idiote : « A quoi reconnaît-on un motard heureux ? » Réponse : « Il a des insectes collés sur les dents. »

On a recommencé à gratter sous le soleil de trois heures. Le ciel était blanc et la chaleur telle que les cigales s'étaient tues. On les devinait palpitantes, embusquées sous les pierres. La sueur dégoulinait de mes cheveux dans mon soutien-gorge de maillot de bain. Tony m'a suivie dans la mer où je suis allée me jeter pour me rafraîchir.

Quand j'ai voulu regrimper sur la coque, mon pied mouillé a dérapé et je suis tombée dans le sable en me tordant la cheville. Une douleur fulgurante m'a fait hurler. J'avais l'impression que mon pied était dévissé et que je ne pourrais plus jamais le redresser.

Tony s'est précipité pour examiner ma cheville

qu'il serra dans ses mains. J'étais au bord de l'évanouissement.

« Entorse, dit-il, ce n'est pas grave. Je vais te remettre ça en place. J'ai appris à le faire au rugby. Tu me fais confiance? Ecoute, je vais te faire très mal et, après, ce sera fini. On te bandera la cheville et tu n'y penseras plus. »

Je me suis allongée sur le sable, abandonnant mon pied à Tony qui, d'un coup sec, me l'a tordu. Je crois que là, je me suis évanouie pour de bon, un quart de seconde. Puis la douleur, en effet, s'est apaisée.

Quand j'ai rouvert les yeux, j'ai vu le visage de Tony, à contre-soleil, penché sur moi. Il me parlait très doucement.

« Je vais te porter. On va rentrer à la maison. »

Il m'a aidée à me lever et m'a soulevée dans ses bras.

« Je vais essayer de marcher, dis-je.

– Surtout pas, dit Tony. Tu ne pèses rien. »

Et il a commencé à me porter, marchant dans le sable vers la moto qu'il avait garée sous un arbre, à cent mètres de là, pour l'abriter du soleil.

Et là, soudain, quelque chose s'est passé. Soudain, je me suis laissée aller complètement dans les bras de Tony, m'accrochant à ses épaules, ma tête dans son cou. Moi, qu'aucun père n'avait tenue dans ses bras lorsque j'étais enfant, je découvrais tout à coup un abandon, un bien-être inconnu mais qui, me sembla-t-il, m'avait toujours manqué. Et je me suis souvenue à ce moment-là d'une image fugace qui, un jour, m'avait émue aux larmes, sans que je comprenne pourquoi. Dans la rue, à Paris, au milieu d'une foule, j'avais croisé un homme qui portait dans ses bras un enfant endormi. La tête de l'enfant reposait sur l'épaule du père, le pouce dans la bouche, un bras ballottant par-dessus son épaule. L'homme tenait son fardeau précieusement, avec une sorte de fierté, et avançait avec précaution dans la foule, attentif à rendre sa marche régulière pour ne pas éveiller l'enfant. Et moi, je les avais suivis des yeux jusqu'à ce qu'ils disparaissent, bouleversée, jalouse du sommeil confiant de l'enfant et des bras qui le protégeaient.

Et voici que cette émotion se reproduisait, et j'avais envie que la moto, si proche maintenant, se trouve encore loin pour que dure plus longtemps ce moment délicieux, Tony qui me portait, ma peau contre la sienne et nos visages si proches.

Soudain, un courant nous a traversés, une chaleur issue de nous et qui n'avait rien à voir avec la canicule. Tony a tourné la tête et m'a regardée. Il ne souriait plus. Il avait l'air grave, presque apeuré. Sa marche s'est ralentie. Quelque chose tremblait entre nous. J'ai dit :

« Qu'est-ce qu'il y a ? »

Il a serré ses bras autour de moi et il m'a répondu à voix basse :

« Que tu es belle, nom de Dieu ! »

– Tu ne t'en aperçois qu'aujourd'hui ? ai-je dit pour faire la maligne.

– Eh bien, oui, dit-il, et tu ne peux pas savoir... »

J'avais glissé de ses bras et posé à terre mon pied valide. Nous étions seuls sur la plage à cette heure de sieste mais nous aurions été aussi seuls dans une foule. Je voyais la bouche de Tony entrouverte et qui tremblait. Et je me suis jetée vers cette bouche qui me cherchait et nous avons roulé dans le sable.

Tony m'embrassait les yeux, le front, le cou, les seins. Soudain, il s'est détaché de moi, s'est immobilisé, allongé sur le ventre.

Il m'a relevée et, nous tenant par la main, nous avons atteint la moto. J'ai enlacé Tony plus étroitement que jamais et nous avons filé vers la maison de Tony, vers la chambre de Tony, vers le lit de Tony. Tony soudain très étonné d'être mon premier amant.

« Mais quel âge as-tu, Véréna ?

– Vingt ans, Tony.

– Mais je croyais...

– Tu croyais de travers. »

On s'est endormis, réveillés, réendormis, reréveillés. On a déchiré la moustiquaire et mangé des pastèques dont le jus nous a inondés. On s'est roulés, déroulés, on est tombés par terre. On s'est baisés jusqu'à la soif qui précède la mort, jusqu'à sentir dans les bras de l'autre le squelette et l'âme et le cœur qui bat on ne sait plus dans quelle cage et le sang qui coule on ne sait plus dans quelles veines. Sans le savoir, on a fait un enfant. On s'est couverts de mots désordonnés, tendres, idiots, on a ri, on a pleuré d'amour, on a juré qu'on ne se quitterait plus jamais une minute. On n'a pas vu tomber la nuit mais on a entendu s'ouvrir la porte d'entrée et la voix de Matthias qui nous appelait.

« N'entre pas ! a crié Tony, on s'aime.

– Quoi ? a jappé Matthias. Qu'est-ce que vous fabriquez ?

– Devine ? a répondu Tony. On te fera un dessin, demain. »

Il y a eu un silence et puis :

« Je me fous de vous deux, a hurlé Matthias. Vous êtes ignobles et cons ! »

La porte qu'il a claquée a fait trembler la maison. Je ne sais pas où il a dormi, cette nuit-là. On l'a retrouvé le lendemain, à la terrasse d'un bistrot du port, mauvais, le visage gelé. J'ai voulu l'embrasser mais il m'a envoyée promener.

« Tu es vraiment fâché ? a demandé Tony.

– Vous me dégoûtez tous les deux, a répondu Matthias. On était si bien...

– Je ne vois pas ce qu'il y a de dégoûtant à tomber amoureux, a dit Tony. C'est ce qui nous est arrivé hier, à Véréna et à moi.

– Amoureux ? Comme ça ? D'un seul coup ? a ricané Matthias.

– Oui. Comme ça. D'un seul coup.

– Eh bien, c'est parfait, a dit Matthias. Je ne vais pas vous déranger plus longtemps. Je me tire. »

On l'a supplié, on l'a cajolé, on l'a engueulé. Matthias, buté, n'a rien voulu savoir.

« Tchao, les amoureux ! Amusez-vous bien ! »

Il a fait son sac et il est parti, refusant même que Tony l'accompagne à la gare sur sa moto. Il ne m'a même pas embrassée. Il est parti en sifflotant, narquois, jaloux, malheureux. Moi aussi j'étais triste, partagée entre Tony et cet imbécile de frère qui savait parfaitement, en plus, à quel point son départ m'était pénible.

« Laisse-le, a dit Tony. Il faut bien qu'il s'habitue à l'idée de nous voir ensemble. Quand on le retrouvera à Paris, il sera calmé. »

C'était mal connaître mon frère. Quand on est rentrés à la fin d'août, j'ai trouvé la case à moitié vide. Matthias avait déménagé, emportant ses affaires. Il m'avait laissé une lettre. Il écrivait qu'il avait trouvé une chambre, rue Monge, où je pourrais venir le voir quand je voudrais mais qu'il était temps que nous vivions un peu séparément, lui et moi.

MÊME si je n'avais pas été enceinte, on se serait mariés, Tony et moi. Lui, surtout, y tenait. J'étais sa chose, il voulait que je sois marquée à son nom. Finie, Véréna Wäber, j'étais devenue l'une de ses côtes.

J'aimais Tony mais, loin de me faire plaisir, cette précipitation dans la légalité m'agaçait. Je trouvais que Tony se conduisait comme une jeune fille qui a peur d'être fille-mère. Le mariage, pour moi, était une affaire de grandes personnes méfiantes qui se rassuraient en mettant leurs sentiments sous signatures, ce qui entraînait une foule d'obligations écrasantes. Je n'avais pas besoin de cela. Tony, oui. Que je sois sa maîtresse ne lui suffisait pas, il voulait, en plus, devenir mon maître, aux yeux de tous. Après tout, les Arabes arrêtés à Poitiers avaient assez largement déferlé sur le Roussillon pour que, des siècles plus tard, il en demeure des empreintes vivaces chez leurs descendants.

Notre projet de mariage a fait éclater notre première dispute. Tony, spectaculaire jusque dans ses sentiments, rêvait de tralalas à la cathédrale de Perpignan, avec chapeau haut de forme, cloches, dentelles, grandes orgues, flashes, jets de riz sur le parvis, nœuds de tulle aux portières des voitures, klaxons, libations et boustifailles dont le compte rendu aurait occupé au moins trois colonnes du journal local.

J'étais terrifiée par ce programme et, en plus, j'avais mal au cœur. Et je trouvais bête de dépenser tant d'argent pour des fla-flas, alors que nous n'avions même pas de quoi nous acheter une table.

On a coupé la poire en deux. Je m'appellerais Cabestany, o.k., o.k. mais en vitesse et par la mairie seulement, ce qui éviterait les convois d'ancêtres qui me rendaient malade.

Ma grand-mère n'a pas bronché quand je lui ai fait part de notre décision. En revanche, la mère Cabestany s'est alitée, d'abord accablée par la nouvelle puis par mon obstination à refuser la fête. Je n'étais certes pas la bru dont elle avait rêvé pour son précieux et unique lardon. Je n'avais ni sous ni espérances et ce mariage à la sauvette allait faire, c'était sûr, un très mauvais effet dans Perpignan.

Les réserves de l'oncle n'étaient pas moindres. Tony avait eu beau lui expliquer que, malgré mon nom, j'étais française, l'ancien résistant ajouta ce mariage contrariant à la liste des méfaits dont les

Boches s'étaient rendus coupables pendant la guerre. Il me regardait avec l'air qu'il aurait pris en voyant brûler Oradour.

On s'est mariés en octobre. Matthias, comme par hasard, avait disparu pour une semaine. J'ai déménagé à mon tour de la rue Cujas pour cet appartement de la rue Campagne-Première que Tony avait trouvé à louer.

Le loyer n'était pas cher mais tout y était vieux et sale. On l'a repeint et on s'est installés dans les pièces quasiment vides, car nous n'avions pas d'argent pour acheter des meubles mais cela nous semblait sans importance. Tout était nouvau, tout était jeu. On arrangeait cet appartement comme un décor de théâtre avec des éléments encombrants et inutiles dont personne n'avait voulu aux Puces et qui nous enchantaient. Des plumes de paon, des paravents d'inspiration chinoise qui avaient dû figurer dans un bordel de province des années vingt, un orgue de Barbarie qui crachait des valses poussiéreuses, gravées dans des bandes de papier perforées. La plus belle pièce, parmi nos trouvailles, c'était le lit. Un « lit de milieu » comme l'appelait le marchand. Un monument d'acajou massif, tarabiscoté, sculpté de cigognes qui transportaient des raisins dans leur bec. Avec des montants moulurés et des pieds palmés. Il était si haut qu'on se faisait presque la courte échelle pour y monter. Tony, pour me faire peur, racontait que l'affreuse chose était hantée par le fantôme d'une vieille dame qui y était morte et qui s'offusquait de ce que nous y faisions. Elle qui avait eu sept enfants sans jamais ôter sa chemise de nuit! Tony était sûr qu'elle s'appelait Adèle. Adèle Berthomieux. Née Brandeau. Physiquement, un mélange de la mère de Gaulle et de Marguerite Yourcenar. Bien, très bien. Avec des corsets et des chapeaux pour toutes les heures. Avec des proverbes plein la bouche et des petits points de vue sautillants sur toutes sortes de choses.

« Il est certain, disait Tony, qu'elle me considère d'un œil favorable, moi. Elle sait que je suis un jeune homme convenable, moi, et que les trois quarts des horreurs qui se passent dans sa litière sont de ton inspiration. Elle t'a jugée tout de suite! »

La présence d'Adèle mettait un piquant sacrilège à nos jeux de la nuit. Il faut avouer que ce lit très étrange entrait en effervescence, dès que nous nous y posions. Il craquait, soupirait, gémissait. Des arpèges métalliques s'étiraient dans le souterrain végétal du sommier. Quelque part, vers le pied, un gémissement s'élevait, les soirs de pleine lune, ces soirs-là, seulement. Et, chose plus étrange encore, chaque fois que le temps était à la pluie, une puissante odeur de vanille se dégageait du bois. Un soir, enfin, Tony m'a fait remarquer que les pieds palmés avançaient. Ils glissaient imperceptiblement sur le sol. La preuve, le lit s'était décollé du mur de quelques centimètres.

En février, un garçon de la fac dont le père était journaliste à l'hebdo *Liberté*, m'a proposé de faire des traductions pour le journal. Il s'agissait de lire la presse allemande et d'en faire des résumés pour le service de politique étrangère. Une aubaine car Tony gagnait très peu d'argent et de façon irrégulière. Ce travail n'était pas très bien payé mais je pouvais le faire chez moi, ce qui m'évitait de courir à droite et à gauche avec mon ventre qui commençait à devenir encombrant.

Après la naissance d'Arthur, notre situation s'est un peu améliorée. Tony qui avait enfin terminé ses études était entré comme assistant dans une clinique dentaire. A dire vrai, j'aurais préféré qu'il continuât à faire de la musique et des chansons. J'avais l'impression, quand il rentrait le soir, qu'il sentait le clou de girofle et la dent cariée. J'avais commencé, de mon côté, à écrire de vrais articles que le journal me payait à la pige, quand ils étaient acceptés. Mais Tony ne supportait pas l'idée que je sois seule, même provisoirement, à gagner de l'argent. Cela blessait sa fierté méridionale. J'ai découvert à ce moment-là qu'il avait sur le fric des idées que je ne partageais pas. Pour moi, l'argent n'était rien que des jetons et des petites images qu'on échangeait contre des choses. Il valait mieux en avoir pour ne pas s'énerver mais l'argent en soi n'était rien et n'appartenait à personne. Il n'avait surtout aucune valeur, en fonction de la peine qu'on s'était donné pour l'obtenir. Il ne prouvait rien. Au contraire, plus il avait été dur à obtenir, plus il fallait le jeter par les fenêtres. Et à cela je m'entendais, même en en ayant très peu.

J'ai toujours été persuadée des rapports de magie qui s'établissent entre l'argent et ceux qui le possèdent. L'or-fée, l'or-malicieux s'évapore et disparaît, dès lors qu'on lui accorde de l'importance, qu'on l'économise ou qu'on le dépense avec parcimonie. Il rapplique, au contraire, quand on le dilapide, quand on le méprise.

Tout me confortait dans cette idée et d'abord l'histoire des Hébreux dans le désert sur qui tombait la manne quotidienne, à condition de n'en pas garder pour le lendemain. Les oiseaux et les lis des champs qui ne sèment ni ne moissonnent avaient aussi, en leur temps, rassuré mon âme dépensière. Plus tard, j'ai vérifié cette croyance. Chaque fois que j'ai voulu être « raisonnable », je me suis retrouvée dans des pétrins épouvantables, dont le pire est le sentiment de l'étroitesse et de la médiocrité. Au contraire, chaque fois que je suis imprudente, cigaleuse, insouciante, que je jette par les fenêtres le peu qui me reste, que je me précipite sur le superflu, l'inutile, alors que l'indispensable manque, à chaque fois un miracle se produit.

Pour Tony, au contraire, l'argent avait une valeur en soi. Il prouvait et rassurait. Une hérédité paysanne le poussait à engranger, à mettre de côté pour les mauvais jours, pour voir venir, pour pouvoir se retourner. Le manque d'argent créait chez lui une angoisse réelle, taraudante. Evidemment, il avait horreur des dettes et du sentiment d'insécurité qu'elles procurent. Evidemment, il se sentait diminué en n'en gagnant pas et humilié de vivre, comme il disait, « à mes crochets ».

J'avais beau lui expliquer que je n'aurais moi, aucun scrupule à me faire entretenir par lui, s'il pouvait le faire, qu'au contraire j'aurais un grand plaisir à dépenser cet argent sans avoir eu à le gagner, sa réplique était invariable : « Bien sûr, c'est normal, tu es une femme! » Je crois que, si nous avions vécu ensemble, Tony m'aurait couverte de bijoux, de peaux de bêtes, de toutes ces choses chères et brillantes que les hommes de son espèce donnent à leur femme pour montrer qu'ils sont forts au point, qui sait, de vaincre la mort.

En attendant, je ne croulais ni sous les diamants, ni sous les peaux de bête. J'étais tombée sous la coupe d'un chef des informations sadique qui détestait les femmes et était furieux de les voir se multiplier dans la profession. Pour freiner ce qu'il appelait « l'invasion », il usait d'une méchanceté qui en décourageait beaucoup.

Cet homme était absolument répugnant de sa personne, depuis ses cheveux gris et gras jusqu'à ses chaussures poussiéreuses, en passant par un sempiternel complet qui n'avait sans doute jamais vu un teinturier. Une cravate tortillée ficelait le col de ses chemises douteuses, et ses revers de veston se partageaient l'averse des pellicules qui tombaient de ses cheveux et des cendres qui dégringolaient de ses cigarettes de papier maïs, toujours éteintes et toujours rallumées. On peut imaginer l'odeur de l'ensemble.

Ce pouacre qui répondait au nom d'Albert Bigarrot a été mon cauchemar pendant toute une année. Son caractère de chien était aussi célèbre que ses compétences dans la profession et il était d'usage de lui adresser les stagiaires, à la fois pour un perfide bizutage et pour leur instruction.

Il grondait, tonnait, bavait, éructait, regrettant une époque qui, à l'entendre, était fertile en journalistes dignes de porter ce nom. Il sabrait les copies à grands coups de stylo rageur et prenait le Ciel à témoin de la fin minable d'une civilisation.

Ses colères, qui faisaient la joie des journalistes chevronnés, terrifiaient les débutants. J'ai pleuré pendant trois mois sous les cyclones de Bigarrot qui me hurlait que j'étais une incapable, que je ferais mieux d'aller laver les chaussettes de mon mari au lieu de lui faire perdre son temps.

Jusqu'au jour où, prise d'une de ces fureurs subites des timides, j'ai explosé à mon tour :

« Bigarrot, vous me faites chier ! »

Je crois que personne, jamais, dans toute sa carrière, n'avait osé lui dire une chose pareille et j'ai pensé qu'il allait me passer par la fenêtre mais, à ma grande surprise, il a posé son stylo, s'est renversé dans son fauteuil et, pour la première fois, je l'ai vu rire.

« Eh bien, toi, alors, tu manques pas d'air ! »

Lui, si. Il riait tellement que ses vieux poumons goudronnés avaient peine à reprendre souffle. Quand il a eu fini de catarrher, il m'a regardée comme s'il me voyait pour la première fois. Plus jamais, par la suite, il ne s'est attaqué à moi. Au contraire : à plusieurs reprises, il lui est arrivé de prendre ma défense contre Varanger.

Varanger était le directeur du journal et l'ennemi personnel de Bigarrot. Il le haïssait avant toute chose, parce que Jacques Varanger, beaucoup plus jeune que lui – il n'avait que quarante-cinq ans –, était son supérieur hiérarchique. Ensuite – et tout le monde l'avait constaté –, parce que, professionnellement, Varanger ne lui arrivait pas à la cheville. Bigarrot était l'un de ces vieux journalistes cultivés et passionnés dont la race s'éteint tous les jours alors que Varanger, lui, n'était qu'un arriviste qui avait choisi la presse comme il aurait choisi de vendre des nouilles.

« Etre sous les ordres d'un con, rageait Bigarrot, y'a pas pire tourment ! »

Un con, ce n'est pas tout à fait juste. Varanger est un besogneux, totalement dépourvu d'imagination et doué d'une remarquable souplesse d'échine : trois qualités en général estimées par l'administration d'un groupe de presse pour la direction d'un journal.

Pendant des années, Varanger avait pissé de la copie décolorée en avalant des couleuvres multicolores dans diverses salles de rédaction où, racontait Bigarrot, son absence d'humour l'avait fait surnommer « Le Comique » par ses jeunes confrères.

Infatigable et sournois, il s'était prêté à tout, avait tout subi pour réaliser sa plus chère ambition : devenir chef. Chose faite après vingt ans de reptation devant toutes les formes de l'administration et du pouvoir.

Le tirage du journal et sa rentabilité constituent le souci majeur de Varanger, préoccupé, avant tout, de se faire bien voir des financiers pour conserver ce fauteuil qu'il a eu tant de mal à obtenir.

Il y réussit. On l'estime en haut lieu. Il rogne nos notes de frais comme s'il s'agissait de son propre argent et on peut compter sur lui pour les licenciements nécessaires. C'est l'homme capable de vous faire signer une lettre de démission, un soir de cafard, pour éviter d'avoir à vous payer des indemnités. En même temps, il nous vendrait tous en botte, pour un encart publicitaire.

Le contenu du journal, sa qualité viennent loin derrière dans l'ordre de ses préoccupations. L'important, pour lui, c'est de vendre et il exploite à merveille tout ce qui se vend bien. Il sait, comme personne, saisir le vent de la mode et celui du pouvoir en place. Démagogue, opportuniste, rien ne le rebute.

Parce qu'un des directeurs a, un jour, fait devant lui l'éloge de la presse américaine, Varanger, en un clin d'œil, s'est américanisé. Il a pris en marche la vague de la sexualité, des droits de l'homme, du féminisme, de l'avortement, de la psychanalyse. Il a soutenu le Vietnam du Nord puis, plus tard, s'est lamenté sur les malheurs de celui du Sud. Chaque événement, chaque souffrance du monde est, pour lui, occasion de promotion. Aux ordres, plat comme une punaise devant le moindre sous-fifre ministériel, il est arrogant envers ceux qu'il domine. Il respecte les forts, si utiles, et écrase les faibles, si encombrants.

Si Varanger a toujours été détesté au sein de sa rédaction, le rogneux Bigarrot nous battait tous dans le mépris et la médisance. Le seul nom de Varanger prononcé devant lui le mettait en transe.

« Varanger, Varanger, sifflait-il, quel Varanger ? Son vrai nom, c'est Varaï. Et moi, j' m'appelle Bigarousse, peut-être ? Le plus beau foireux que j'aie jamais vu ! La peur et la honte sont les deux mamelles de cette fiotte ! Il a peur de sa femme, il a honte d'être juif, il a peur d'être pédé, il a honte d'être hongrois, ah ! l'enfoiré ! »

Bigarrot animait les conférences du matin. Assis un peu à l'écart, le vieux journaliste affectait de vouloir se faire oublier, n'élevant la voix que lorsqu'on lui posait une question directe. Mais il ponctuait les déclarations de Varanger par un ricanement réprimé, un raclement de gorge ou une certaine manière de siffloter entre ses dents qui installaient aussitôt une présence formidable, opposante, qui mettait l'autre au bord de la crise de nerfs.

Vingt fois, Varanger avait essayé sournoisement de se débarrasser de Bigarrot, alléguant son ivrognerie ou son âge qui permettait de le mettre à la retraite. Mais le vieux avait des protections occultes dans les hautes sphères de la direction et, à chaque fois, Varanger s'était cassé les dents.

Bigarrot, averti mystérieusement des tentatives d'éviction dont il était l'objet, triomphait de leur échec avec le rire de Michel Simon, narguait Varanger, l'appelait « Meus-sieur » et le voussoyait alors qu'il tutoyait tout le reste du journal, depuis les coupeurs de dépêches jusqu'aux administrateurs.

Un des griefs que Bigarrot brandissait le plus volontiers contre Varanger, outre sa pleutrerie et son inculture, était son abstinence due à une santé fragile. Personne n'a jamais vu Varanger un verre de vin ou d'alcool à la main. Une bouteille d'eau minérale trône en permanence sur son bureau et il déjeune tous les jours, seul à une table, dans le restaurant voisin qui nous sert de cantine. Bigarrot le regardait pignocher de tristes nourritures de régime, les seules susceptibles d'être digérées par cet hépatique forcené.

« Tu l'as vu bouffer ses carottes râpées, signalait Bigarrot en attaquant son cassoulet arrosé au Gigondas, non mais t'as vu ce lapin ? Comment veux-tu qu'il fasse un journal vivant ? Il boit de l'eau plate en semaine et de la gazeuse le dimanche ! »

A trois tables de lui, Varanger, conscient de la

cible qu'il représentait, posait le doigt sur ses fines lunettes cerclées d'or comme pour se les sertir entre les sourcils et se plongeait dans la lecture du *Monde.* Il se colimaçonnait autour de son journal, effaçait un peu plus ses maigres épaules dans son veston de confection et broutait ses crudités d'une bouche sans lèvres.

La vie sexuelle de celui qu'on avait surnommé « Judas » fournissait toutes sortes de suppositions venimeuses à l'inspiration de Bigarrot. On ne se méfie jamais assez du dos silencieux des chauffeurs. Celui de Varanger avait révélé d'épouvantables scènes dont il avait été témoin, entre Varanger et sa femme, une petite mégère brune qui le traitait comme un chien.

« Pas étonnant qu'y soit d'venu pédé, triomphait Bigarrot, non sans une feinte commisération, y r'çoit des trempes chez lui. »

Là aussi, Bigarrot exagérait. Varanger, c'est vrai, a une peur bleue des femmes et il suffit que l'une de nous lui adresse la parole pour qu'il se tortille, mal à l'aise, le regard en déroute. Il s'entoure plus volontiers de jeunes hommes un peu mous sur lesquels il est assuré de régner. D'où Bigarrot avait conclu qu'il était une folle honteuse qui n'avait même pas le courage de ses préférences. Et le féminisme de commande qu'avait adopté Varanger le confortait dans cette opinion.

« Ben voyons, y'a que les tantes pour être féministes ! Parce qu'ils ont peur des bonnes femmes, y croient qu'ils vont se les concilier en leur faisant des grimaces. On sait jamais, des fois qu'il y aurait de la rébellion dans les porte-jarretelles... Le grand soir du matriarcat de choc, ça lui fout les chocottes à ce pauvre chéri. Y m'fait penser aux collabos, pendant la guerre, qui sauvaient un juif par-ci, par-là pour pouvoir s'en servir, le jour où ça tournerait vilain... »

Un matin, Bigarrot n'est pas venu au journal. Dans la soirée, Varanger est venu nous dire que « ce pauvre Bigarrot » avait eu une crise cardiaque et qu'on l'avait trouvé mort, au bas de son escalier. Ses petits yeux pâles pétillaient derrière ses lunettes. J'ai eu de la peine. En pleurant, j'avais appris beaucoup de choses, sous les invectives de Bigarrot. On avait même commencé à m'envoyer en reportage. Bientôt, j'ai été engagée aux informations générales.

Je m'étais arrangée avec la mère Le Bihan, la concierge de l'immeuble. Elle faisait le ménage à la maison et gardait Arthur dans la journée, quand je n'étais pas là.

Un phénomène, celle-là. Une rouquine qui était arrivée de Quimper, pendant la guerre, pour se placer à Paris. Prise en main, dès la gare, par un de ces macs qui venaient guetter aux trains les jolis arrivages de l'Ouest, elle n'avait plus quitté Montparnasse et mené joyeuse vie entre la rue Delambre et la rue d'Odessa.

Et Fanfan Le Bihan me racontait, avec une grande nostalgie, cette époque bénie où les trottoirs n'étaient pas surpeuplés, où les hommes, à ce qu'elle disait, avaient encore toutes sortes de délicatesses. Mais l'amour avait brisé sa carrière. Un jour où elle avait poussé une pointe jusqu'au Bon Marché pour y acheter des dessous-de-bras, elle était tombée sur Joseph de La Crabinière, un jeune séminariste natif de Tours, qui cherchait la Grotte Chantante de la rue du Bac pour y faire ses dévotions. Fanfan avait eu vite fait de lui faire chanter d'autres cantiques. Le jeune homme qui se destinait aux Missions avait été enchanté de découvrir en plein Paris une créature dont l'âme était aussi sauvage. Pour ainsi dire, le doigt de Dieu lui désigna, comme champ d'action, le décolleté rebondi de Fanfan Le Bihan. Cela valait largement le Congo et ses fièvres.

Ramener au Seigneur cette brebis égarée n'était pas une maigre entreprise, car Fanfan barbotait dans le péché avec une joyeuse humeur et une bonne conscience à quoi l'on reconnaissait tout de suite le travail perlé du Malin. Joseph avait mis longtemps à la convaincre de laisser là ses clients du hasard. Il y était enfin parvenu, ce que la mère Le Bihan, vingt ans plus tard, résumait tristement en ces termes :

« Total : j' me suis r'trouvée dans mes cass'roles ! »

Evidemment, le vicomte de La Crabinière ne l'avait jamais épousée mais il avait partagé sa loge de la rue Campagne-Première. Par la protection d'un cousin, grand camérier à Rome, et par le canal de l'Archevêché, il avait trouvé une place de jardinier au cimetière Montparnasse. Tout en renonçant à la prêtrise, il avait conservé d'excellents rapports avec ses supérieurs, de plus en plus partisans d'une Eglise rénovée, à l'esprit ouvert, soucieuse de mêler désormais au troupeau de ses ouailles des envoyés spéciaux, susceptibles d'aller tâter de près la réalité de leurs besoins temporels. Le blouson succédant à la soutane, telle était la consigne et Joseph fut l'un des pionniers de ce clergé modern style si près du peuple qu'il s'y confond.

Les années passant, l'ex-séminariste avait sans doute reçu l'ordre d'étendre son action à la clientèle des estaminets, car il arrivait souvent que la mère Le Bihan soit obligée d'aller le récupérer jusque dans les bistrots de la rue du Départ où son homme, accroché à un zinc, entendait chanter les anges, ayant oublié le chemin de la loge. Elle le remorquait alors avec un dévouement digne d'éloges jusqu'à ce qu'il tombe à genoux devant la grotte de Lourdes en plastique *made in Hong Kong* qui trônait entre les boîtes aux lettres de l'immeuble et le poste de télévision, au milieu d'un buisson de fleurs artificielles qu'on changeait selon les saisons : crocus de celluloïd, au printemps, et chrysanthèmes de tissu, à l'automne.

Les après-midi, quand le temps était clément, elle emmenait Arthur au cimetière dont elle se sentait, en quelque sorte, la propriétaire. Elle affectionnait particulièrement le superbe monument de la famille Pigeon, inventeur de la célèbre lampe, et quand elle disait à Arthur : « Viens, mon mignon, on va voir les Pigeon », il ne s'agissait pas d'oiseaux mais du surréaliste couple de pierre qui s'est mis au lit, pour l'éternité et tout habillé.

Tony, traditionnel, n'aimait pas trop que l'on confiât Arthur à cette femme qu'il tenait pour toquée et qui, disait-il, ressemblait un peu trop encore à ce qu'elle avait été. Il est vrai que sa chevelure conservée flamboyante par la teinture, son maquillage tonitruant, ses ramages d'été et ses bottillons d'hiver fourrés de lapin n'en faisaient pas, extérieurement, la nurse idéale. Mais cette femme qui n'avait pas eu d'enfants avait des qualités innées de mère. Elle était douce, patiente et attentive. Elle adorait Arthur qu'elle faisait même passer pour son petit-fils, dans le quartier. J'étais donc tranquille de ce côté-là.

Le soir, je retrouvais Tony et, comme du temps de la « case » rue Cujas, des amis qui s'invitaient souvent à l'improviste. Matthias avait réapparu. Il était entré chez nous, un soir, avec l'air sournois d'un chat qui vient de pisser sur un édredon. Il avait un peu honte de sa bouderie jalouse. Tony l'accueillit avec une joie démonstrative mais, malgré cela, Matthias resta sur ses gardes. L'amitié de naguère, la complicité qui les avait liés n'existaient plus. Matthias avait pris de la hauteur. Il tolérait Tony mais celui-ci ne l'amusait plus. En revanche, Matthias était émerveillé par son neveu. Il jouait avec le bébé, lui improvisait des airs de saxo pour le calmer quand il hurlait. Il avait décidé que Miles Davis était souverain contre le mal des dents qui poussent.

Arthur, effectivement, cessait de pleurer, assourdi, médusé par les sons acidulés, déchirants, comme s'il jugeait inutile, subitement, de rivaliser avec ce bruit plus fort que le sien et qui, en plus, jetait des éclats d'or qu'il essayait d'attraper avec ses mains.

Un jour, je suis tombée en arrêt devant la vitrine d'un marchand de chaussures. Une paire d'escarpins rouges, superbes et en solde. Malheureusement, la seule paire qui restait avait au moins deux pointures de plus que la mienne. J'en avais tellement envie que je les ai achetés quand même. J'étais sûre que le bonheur de les porter me ferait grandir les pieds. Au pis, je n'aurais qu'à tasser du coton dans la pointe.

Mais, même avec du coton, il restait au moins un espace de deux centimètres entre mes talons et le contrefort des chaussures.

Tony a attrapé un fou rire quand il m'a vue marcher avec ces chaussures qui m'obligeaient à crisper les doigts de pied et à traîner la semelle.

« Tu ressembles à Minnie, la femme de Mickey ! »

Le surnom m'en est resté et un jeu entre Tony et moi. J'étais Minnie et, lui, évidemment, Mickey.

On marchait les pieds en dehors, on se parlait en couinant. Mon frère nous regardait, atterré, et nous prédisait une fin lamentable dans un asile où nous passerions notre temps à bondir comme des souris de dessin animé.

Un jour, le jeu a failli mal tourner. Tony m'avait emmenée au restaurant. C'était mon anniversaire et le restaurant qu'il avait choisi pour fêter ma gourmandise était un super-chic feutré restaurant, avec de la moquette, des maîtres d'hôtel et des nappes damassées. Le genre d'endroit où l'on déguste en devisant à voix basse. Bref, une mangeoire de grandes personnes riches où les deux Mickey que nous étions se sentaient un peu perdus.

Je ne sais pas ce qui m'a pris, tout à coup, de parler de ma mort. Cette vingt et unième année qui venait de s'abattre sur mes épaules, sans doute.

« En tout cas, dis-je à Tony, quand je mourrai, je veux que tu jettes un Mickey sur mon cercueil. Jure-le. »

Tony avait horreur de ce genre de plaisanterie. Il était superstitieux comme on l'est dans le Sud. Lui qui n'allait jamais à la messe et que les soucis métaphysiques n'étouffaient guère avait exigé que son fils soit baptisé à peine né, le baptême représentant pour lui une sorte de vaccin destiné à prémunir contre un vague mauvais sort. Et il détestait aussi les plaisanteries macabres. Il avait une telle trouille de la mort qu'il ne supportait pas qu'on en parle, même en riant.

Pour le taquiner, j'ai insisté.

« Tu prétends m'aimer et tu refuses de faire ma dernière volonté !

– Tu m'embêtes, dit Tony. Pourquoi mourrais-tu avant moi, d'abord ?

– Par égoïsme. Pour que ce soit toi qui aies le chagrin. »

Et, sadique, je me suis mise à lui décrire mes funérailles. Je voulais qu'on m'enterre à côté du tombeau des Pigeon. Avec ma statue, à poil, sur le dessus du caveau, pour embêter la mère Pigeon, tout habillée dans son lit de pierre voisin et de façon que le père Pigeon puisse me lorgner pardessus l'épaule de sa bourgeoise.

La cérémonie serait simple et émouvante. En latin, avec Matthias à l'orgue, qui improviserait pendant l'élévation sur le thème de la Toselli. Pour faire plaisir à ma grand-mère qui serait là, évidemment. Je n'exigeais même pas que Tony fût habillé de noir. Simplement, je tenais au Mickey et je voulais qu'il me le promette, dès maintenant.

« Ça, dit Tony, pas question ! Si je le promettais, je serais obligé de le faire. J'aurais l'air de quoi ? »

En réalité, il était terrifié à l'idée d'arriver à mon enterrement, un Mickey à la main, et d'avoir à le jeter dans mon trou devant tout le monde. Pensée mesquine de petit-bourgeois craintif.

Je lui ai fait remarquer que je ne demandais

pas l'impossible. Je n'avais pas envie d'un gros Mickey gonflable et voyant. Non. Un petit suffirait. C'était le geste qui comptait, le symbole. Je comprenais bien qu'un tel jour la discrétion s'imposait. Un petit Mickey de la grandeur d'une main ferait très bien l'affaire. Il y en avait dans tous les bazars. Et en plastique, de préférence au caoutchouc, pour éviter qu'il ne rebondisse hors du trou, ce qui ferait mauvais effet. Oui, un Mickey comme la main et même, un peu plus petit.

« Tu peux, proposai-je, en découper un, minuscule, dans une bande dessinée, le rouler en boule et l'expédier subrepticement dans ma tombe, d'une pichenette. Comme une crotte de nez. Personne ne te verra et moi, je serai contente. Alors, tu promets ? »

Agacé par mon insistance, Tony, oubliant que nous étions dans un restaurant de bon ton, hurla en martelant la table :

« Non et non ! Tu m'emmerdes, Véréna ! Tu n'auras pas de Mickey sur ton cercueil, tu m'entends ?

– Très bien, dis-je. Je vois qu'on ne m'aime pas. »

Du coup, Tony se leva.

« Ah ! c'est comme ça que tu le prends ? Ah ! je ne t'aime pas ! Eh bien, va te faire aimer ailleurs ! Tu trouveras bien un type assez bête pour te mettre un Mickey dans le trou ! Salut ! »

Et il me planta là, partit en claquant la porte du

restaurant où je m'aperçus qu'alentour des regards sévères me considéraient, tandis que le maître d'hôtel, pincé, soupçonneux, s'empressait de m'apporter l'addition.

Il y a, ainsi, des moments dans la vie où l'on se sent bien solitaire, voyez-vous...

– En somme, dit Montabot, vous étiez heureuse. Et pourtant, mariée en 1967, vous avez divorcé l'année suivante...

– Oui, dit Véréna, c'est vrai, je n'étais pas malheureuse. Ma vie était douce et sans histoires. Mon mari m'aimait, mon fils grandissait, mon frère était là, je mangeais tous les jours, j'avais un appartement bien chauffé l'hiver, mon travail m'amusait... Cependant, j'avais l'impression de baigner dans une torpeur, de vivre dans une espèce de bâillement. Je ne sais pas comment vous expliquer cela : une saturation de bonheur. Les jours passaient, terriblement quotidiens. Je me souviens que, pendant toute cette année 1967, j'ai vécu dans un état d'attente et d'impatience. Attente de quoi ? Impatience de quoi ? je n'en savais rien. Le désir des désirs. J'étais comme un océan transformé en lac et qui aurait la nostalgie de ses marées, de ses vagues et de ses tempêtes.

En même temps, il me semblait que j'étais la seule atteinte de ce calme ankylosant. Le monde entier bougeait. Le monde entier tournait et m'avait oubliée dans sa rotation. Au journal, le bureau des télescripteurs exerçait sur moi une attirance presque maladive. J'y entrais à la moindre occasion pour y déguster les soubresauts de la terre. Là, la vie explosait, cosmique, dans les crépitements des appareils de transmission et je lisais fébrilement les bandes de papier qui délivraient, par saccades, les séismes, les remue-ménage, les événements.

On se tuait ferme sur les routes des week-ends, les Américains et les Russes rivalisaient pour aller planter des thermomètres à la lune. En Iran, une foule délirante d'enthousiasme couronnait le shah. A Londres, un ministre énervé avait prié un magnat de la presse de « fermer sa gueule ». Il pleuvait sur Lisbonne, il ventait sur la Bretagne. Les étudiants de Madrid hurlaient contre Franco. De Gaulle, fuyant les « veaux » qui l'avaient mis au pouvoir, continuait sa carrière de Père Ubu et glissait en croiseur lance-missiles vers le Québec qu'il se proposait de libérer. On transplantait un cœur en Afrique du Sud tandis qu'à Chypre les marins turcs allaient se faire voir de travers chez les Grecs.

Les semaines, les mois passaient. Les téléscripteurs s'énervaient. Voilà qu'un maniaque lacérait *La Vierge aux anges* de Rubens tandis que Claude François hurlait qu'il avait peur la nuit. La terre tremblait en Sicile et les préfectures sautaient dans le Finistère. Et, tandis que Reggiani pleurnichait des « tubes » et que les Beatles s'esclaffaient à bord d'un sous-marin jaune, le *Minerve,* lui, engloutissait cinquante-deux marins. On parlait de démolir les Halles de Paris et l'artillerie lourde des Rouges défonçait Khe Sanh. Un vicieux inventait un sabot pour coincer les pneus des autos et le Vietnam entrait en agonie. A Munich, à Berlin, à Hambourg, à Rome, au Caire, à Rio, les étudiants commençaient un étrange carnaval. J'ignorais que je n'étais pas la seule à bâiller dans cette France pépère et rondouillarde qui comptait ses sous, tandis que le printemps montait.

Dès mars, des fourmis commencèrent à cavaler dans les artères engourdies du vieil Hexagone, remontèrent au cœur, vers Paris où l'inquiétude se portait justement sur une invasion de termites qui grignotaient les vieux immeubles.

Le 2 mai au matin, une crise de larmes injustifiée nettoya mon ciel gris. Je venais tout juste de me passer un glaçon sur la figure pour retrouver un visage montrable quand le téléphone sonna. C'était Sylvain, un de mes copains de Nanterre, que je n'avais pas vu depuis au moins deux mois.

« Véréna, tu devrais venir, dit-il, il se passe des choses marrantes, ici... »

J'entendais un vacarme derrière sa voix, des cris, des meuglements, une rumeur qui enflait. Dans la voix de Sylvain passait une joie inaccoutumée. Les mots se bousculaient dans sa bouche comme s'il avait couru. D'ailleurs, il était pressé. M'expliquerait plus tard. Il fallait que je vienne. Je ne pouvais pas manquer ça... Quoi, *ça ?* Gargouillis, grésillements, la rumeur couvrait sa voix. Je distinguais encore « qu'un grand bordel commençait », puis, clac, fini, communication coupée.

Sur le moment, je ne l'ai pas pris au sérieux. Sylvain avait toujours été un peu excité. J'ai pensé qu'il avait encore organisé un de ces chahuts dont il était friand. Mais, dès midi, les informations expliquèrent son coup de fil. Ça bardait à Nanterre, le bordel avait commencé; on ne savait pas encore qu'il allait être immense. Je n'ai même pas eu besoin d'aller là-bas : dès le lendemain, la Sorbonne se mettait à bouillir.

Ma vie, elle aussi, s'était mise à bouillir et Paris tout entier s'amusait. Tandis qu'au Quartier latin volaient les pavés, explosaient les grenades, montaient les barricades, une jubilation curieuse faisait frémir jusqu'aux quartiers les plus calmes, jusqu'aux vieillards les plus chenus. Les derniers pilons rescapés de Verdun surgissaient aux balcons. Des aïeules sautillantes, subitement espiègles, s'ajustaient des croix rouges sur la manche et déchiquetaient des draps en charpie comme au bon vieux temps, pour aller soigner les blessés. Elles n'en revenaient pas de cette occasion inespérée de se rendre utiles. On fut obligé d'en consigner quelques-unes de force, pour leur éviter le pire.

La guerre des enfants faisait plaisir à voir. Et, justement, on allait la voir, le soir, après le dîner.

La Sorbonne en folie était devenue un but de promenade digestive. On s'y donnait rendez-vous en souliers plats – on ne sait jamais – pour s'extasier d'horreur. Les bourgeoises de Passy enfilaient leurs premiers blue-jeans en semaine, pour ne pas se faire remarquer. L'air était doux et les marronniers en fleur. Les pères, frustrés par l'armistice de 40, couraient avec empressement respirer cette bonne odeur de poudre dont ils avaient été privés dans leur jeunesse. Ils se justifiaient en prétendant que c'était leur devoir : il fallait bien surveiller les petits qui barricadaient. Et essayer de rapporter, par la même occasion, un kilo de sucre à la maison. Les épiceries s'étaient vidées mais la Sorbonne avait ses greniers pleins.

Paris vivait, riait, s'émouvait. On s'interpellait dans la rue, d'un balcon à l'autre : « ... le mien est à Censier, la mienne a fait la rue Gay-Lussac ! » On se précipitait sur les transistors après la bataille pour savoir qui avait gagné dans cette gigantesque partie de gendarmes et voleurs. Quand un gamin tordait le nez sur sa soupe, on le menaçait d'aller chercher les CRS. On ne trouvait plus une goutte d'arnica pour guérir les bosses et le mercurochrome se vendait au prix du Château-Yquem...

« J'ai passé dix jours à l'hôpital du Val-de-Grâce, interrompit Montabot, d'une voix sèche. Double fracture du péroné ! Vos petits copains m'avaient pas loupé !

– Désolée ! dit Véréna, sur le ton de l'amiral

Duperré congratulant l'amiral ennemi Willoughby, après la bataille du Grand Port.

« Ne me regardez pas avec ces yeux-là, ajouta-t-elle. Je n'ai jamais été une championne des barricades. Il faut être doué pour la violence physique. Je suis trop douillette pour cela. Je suis une femme. J'ai peur de me faire du mal et j'ai peur d'en faire. Je n'ai été mêlée qu'une fois aux bagarres et malgré moi. Rue Soufflot. Une bousculade. Peut-être, je pourrais me battre physiquement si j'étais animée d'une passion violente. Les bagarres de mai 68 m'amusaient mais ne me passionnaient pas. Je trouvais ridicules les idéologies primaires qui rasaient le sol comme les hirondelles avant la pluie. Tous ces minables surgis d'on ne savait où et qui, subitement, se prenaient au sérieux, ne me convainquaient nullement. Je trouvais grotesques leur babillage et leurs slogans. Et puis, il y a les stratèges et les lanceurs de pavés. En général, ce ne sont pas les mêmes. Je faisais plutôt partie des premiers. J'avoue qu'un QG important fonctionnait ici même. Mes Sioux d'opérette venaient ici laver leurs yeux brûlants. Ils s'asseyaient là, à cette table, dépliaient des cartes d'état-major, affûtaient de surréalistes discours que, la plupart du temps, ils n'avaient ni le temps ni le loisir de prononcer. Mais le poids des mots y était et l'élan. Il y avait toujours, ici, pour eux, du café et des sandwiches.

Je ne me battais pas mais je suis voyeuse et il se passait quelque chose. Je n'allais pas *sur* les barricades, j'allais les voir. Au risque de me faire matraquer bêtement – c'est arrivé ! –, je filais là où le bruit des grenades m'attirait, où des hordes refluaient en courant, où les flammes s'élevaient. J'avais, je l'avoue, un plaisir mal dissimulé à voir flamber ces voitures qui ont tué et tueront les gens que j'aime. Je hais les voitures et leurs troupeaux. Je hais ces carcasses puantes qui font si mal quand elles se cassent. Je hais l'esclavage déguisé en évasion qu'elles imposent.

Chaque aube qui se levait sur des carcasses de voitures calcinées me trouvait fringante. L'air empuanti au caoutchouc brûlé, au bromure de benzyle et au chloroacétéphénone des grenades me picotait délicieusement la gorge. Enfin, il se passait quelque chose. Enfin, on s'amusait. Alors, je filais dans la rue, entraînant Tony, impatiente des événements du jour. La mère Le Bihan, terrifiée, montait garder Arthur. Elle se sentait plus tranquille au quatrième qu'au rez-de-chaussée.

Je tremblais de peur mais il fallait que je sorte et rien ni personne n'aurait pu m'en empêcher. J'observais passionnément l'ébullition de la vieille marmite et le soulèvement de son couvercle. Une génération bousculait l'autre, une civilisation épuisée volait en éclats. Je ne pouvais pas manquer ça. »

Un sourire jaune traversa le visage du commissaire. Véréna l'observa qui gribouillait nerveusement sur son carnet.

« J'ai vu, dit-elle, aux Champs-Elysées transformés en décor de version latine, deux armées piétiner en silence : les vôtres, avec vos bâtons, vos casques et vos ridicules boucliers, massés, le dos à la Concorde, et les nôtres sur fond d'Arc de Triomphe. Ouah... on ne vous détestait même pas vraiment. Vous n'étiez qu'un symbole : celui d'un vieux monde sclérosé qu'on avait eu la maladresse de nous opposer, derrière chacune de vos matraques. Vous faisiez de la figuration. Vous étiez l'Ennemi de cette guerre pour rire. Ce n'était pas contre vous, flics, que volaient les pavés et les boulons mais contre cinquante ans d'un ordre factice qu'aucune idéologie exaltante ne justifiait plus : la notion de Patrie, si chère à ma grand-mère, l'Héroïsme, le Courage, l'Honneur, votre présence les faisait resurgir. La Patrie c'était ce boulevard à défendre contre vos ratissages; le Courage, celui d'affronter vos gourdins, l'Héroïsme, de susciter votre débandade.

Vous étiez le symbole du matérialisme, de l'étouffement administratif, vous étiez cette France de retraités précoces, de fonctionnaires, de petits-bourgeois pusillanimes, cette France assurée sociale qui promène ses idées courtes en chaussons à carreaux, cette France qui confond humanité et démagogie, qui matraque l'homme avec ses droits.

Vous étiez des militaires, nous étions des soldats. Vous aviez cette « odeur de réfectoire » dont parle si bien Alain, nous étions le vent du large. Vous étiez les bonnes sœurs racornies de mon enfance, les pères dont la suffisance est à la mesure de leur embuscade, les collèges grisâtres aux pupitres noirs; nous nous efforcions d'être de joyeux, d'intacts sauvages. Vous étiez Louis-Philippe, nous étions Attila. »

Et le silence tombe sur les derniers mots de Véréna. Un silence qui, soudain, dégonfle l'exaltation de la jeune femme. Qu'est-ce qu'il lui a pris de s'emballer ainsi devant ce type? Elle l'aura sûrement indisposé, ce chien, et ce n'est vraiment pas le moment.

Flegmatique, Montabot balance une jambe par-dessus l'autre. Il a un air narquois qui ne dit rien qui vaille.

Véréna se lève et va s'appuyer à la fenêtre, le dos tourné au commissaire. Elle suit de l'œil le vol d'un pigeon lourdaud qui tente de se percher au bord d'un balcon, dérape sur le zinc et, découragé, plonge en piqué vers la rue.

« Vous avez fini? dit Montabot. On peut continuer?

– Oui, dit Véréna. J'ai fini.

– Bien, dit-il... Donc, vous divorcez. Pourquoi?... Je vois là : *torts réciproques...*

– Eh bien, oui, dit Véréna d'une voix lasse. Ça explique tout, non? »

Elle vient se rasseoir sur le canapé, blottie dans un angle, ses jambes ramassées sous elle. Il ne reste plus rien, à présent, de la Véréna lyrique qui, tout à l'heure, s'enfiévrait. On dirait un oiseau trempé qui grelotte. Elle tire sur les manches de son chandail qu'elle allonge par-dessus ses doigts. Elle aimerait se dissimuler tout entière sous la haine et s'y endormir pour laisser passer le cauchemar de cet interrogatoire auquel, elle le sait, elle n'échappera pas.

Cet homme-là a, sur elle, un pouvoir insupportable. Il sait tout d'elle, de sa vie, c'est évident, mais jusqu'à quel point ? Elle donnerait cher pour jeter un coup d'œil sur les papiers qu'il consulte sans cesse, sur les notes qu'il prend. S'il sait tout, pourquoi l'oblige-t-il ainsi à remuer toutes ces années passées ? Pourquoi ne lui demande-t-il pas carrément ce qu'il veut savoir, le sujet immédiat de son enquête : quels étaient ses rapports avec l'homme dont on recherche le ou les assassins ? Si elle a été, ou non, mêlée à l'enlèvement et au meurtre ?

A quoi bon, puisqu'il en arrivera là, la tourmenter sur des événements de sa vie qui n'ont évidemment aucun rapport avec l'affaire qui l'intéresse ?

Torts réciproques, eh bien oui, torts réciproques. Qu'est-ce que ça peut bien lui faire de savoir pourquoi ils se sont séparés, Tony et elle ? Elle ne peut tout de même pas lui raconter cette histoire minable, cette vulgaire partouze qui a tout déclenché !

En réalité; si elle n'a pas envie de parler de cette

histoire, c'est parce que ce souvenir la révulse. Parce qu'elle le refuse de toutes ses forces. C'est un accident dans sa vie dont elle a honte. Pas vis-à-vis de ce flic, non; son métier de vide-ordures a dû lui en faire voir d'autres couleurs. Non, c'est vis-à-vis d'elle-même, Véréna, et de Tony, de ce qu'elle croyait possible et impossible. C'est à cause d'une illusion perdue. Ça, c'est le plus dur.

Parce que les faits en eux-mêmes sont d'une banalité à pleurer, si on veut bien les considérer froidement. Tony, un jour, reçoit un coup de téléphone d'un ami espagnol qu'il n'a pas vu depuis longtemps. Le fils d'un industriel de Madrid qui était avec lui au collège de Perpignan. Carlos est venu passer une semaine à Paris avec sa femme Cécilia et Tony les a invités à dîner.

On se retrouve dans un restaurant de Saint-Germain. Carlos, Tony et Cécilia se connaissent depuis longtemps. Ils rient, se tombent dans les bras, évoquent de vieux souvenirs de vacances. Véréna se sent exclue. Cécilia, surtout, l'agace. Elle a une façon de se jeter sans arrêt au cou de Tony, de se frotter contre lui, de roucouler! Exaspérante.

Ce n'est pas que Véréna soit jalouse à proprement parler. Au fait, n'est-ce pas de la jalousie ce petit pincement incontrôlable qu'elle ressent chaque fois que l'autre se laisse aller à ses épanchements ibériques? N'est-ce pas de la jalousie, le fait de remarquer avec une certaine satisfaction que Cécilia qui doit avoir une trentaine d'années a déjà les traits fanés, qu'elle se maquille trop, que ses bagues sont trop voyantes et que son manteau de fourrure lui donne l'air d'une pute ?

Son mari la regarde faire ses simagrées avec indifférence. Il parle, il parade. Véréna comprend qu'il ne fait pas grand-chose dans la vie, que son mariage avec Cécilia, dont la famille est riche, a été une bonne affaire. Carlos, Espagnol snob, raconte les folles soirées de Madrid. Véréna n'aime pas ces gens.

Le dîner se termine et Véréna se renfrogne quand elle entend Tony proposer de prendre un verre à la maison. Elle n'a pas envie de prolonger la soirée avec ces deux-là qui lui créent un malaise. Elle voudrait dire qu'elle a sommeil, qu'elle ne se sent pas bien mais Tony a l'air si joyeux qu'elle renonce à se conduire en bobonne rabat-joie. Après tout, il ne s'agit que d'une heure ou deux à passer.

Dans l'appartement, son malaise s'estompe. Elle est chez elle, ici. Elle fait du feu dans la cheminée, sert du café, du whisky.

Cécilia, qui doit avoir *Playboy* comme lecture de chevet, s'est allongée sur le canapé. Sa robe pailletée moule ses hanches, ses seins débordent.

Carlos sort un porte-cigarettes et offre de curieuses cigarettes roulées à la main. Il s'étonne :

« Vous n'avez jamais fumé de haschisch ? »

Non. Véréna et Tony n'ont jamais fumé de haschisch. C'est comme ça. Mais on va essayer.

Cécilia explique comment il faut s'y prendre,

avaler profondément la fumée, ne pas la recracher tout de suite.

On s'étouffe, on s'étrangle, on rit. On rit de plus en plus. Le fou rire. Tony met un disque des Moody Blues et les sons se colorent, deviennent tangibles. On ne les entend plus, on les respire, on les absorbe.

Assise près de Cécilia, Véréna, à présent, est de très bonne humeur. Elle rit bêtement, pour un rien. Des jeux de mots, des calembours passent dans sa tête à une telle allure qu'elle n'a même pas le temps de les exprimer.

Soudain, Véréna sent une caresse sur ses doigts. Elle ne rêve pas. La main de Cécilia s'est posée sur sa main, ses doigts se mêlent aux siens, effleurent sa paume, encerclent son poignet. Et de ces deux mains sourd un plaisir inconnu qui irradie Véréna tout entière.

Pétrifiée, elle ne bouge pas. Elle voit, elle entend Tony et Carlos qui racontent des bêtises et s'esclaffent. Ils lui semblent proches et, en même temps, très lointains.

La main de Cécilia a glissé de son poignet sur son bras nu, y propageant des ondes multicolores. Et Véréna a peur que Tony ou Carlos ne s'aperçoive du manège pourtant discret de Cécilia dont le visage impassible ne peut rien laisser deviner.

Véréna se lève brusquement. Elle veut faire cesser cette complicité qu'elle partage malgré elle avec Cécilia et qui la trouble. Comme si une

Véréna inconnue avait surgi, tout à fait surprenante et tout à fait imprévisible.

Elle se sent étourdie, légère, rieuse. Des idées cocasses la traversent. Des idées aériennes, arachnéennes, dont elle a peine à suivre le cours.

Mais voilà que Tony à son tour se lève et va retourner le disque. Et, au lieu d'aller se rasseoir dans son fauteuil, il va s'allonger sur les coussins, derrière Cécilia, la tête sur un accoudoir. Et il se met à rire silencieusement, les yeux clos.

Et Cécilia glisse sa main dans la chemise ouverte de Tony. Elle caresse le cou et la poitrine de Tony qui, les yeux toujours fermés, sourit aux anges et consent.

Assise en tailleur devant la cheminée, Véréna se demande si elle n'a pas la berlue. Cécilia, à présent, embrasse Tony sur la bouche, se vautre sur lui. Et Tony se laisse faire. Et Carlos, dans son fauteuil, observe la scène en souriant, en fumant. Il regarde Véréna et il sourit.

Tony a refermé ses bras sur Cécilia. Elle s'est allongée tout de son long sur lui et *ils s'embrassent.* Dans la tête de Véréna, c'est la tempête. Une bousculade de projets annulés aussitôt que formés. Elle balance entre l'assassinat et le sanglot, entre le cri et l'évanouissement avec l'acier d'une idée fixe, impérative, obsédante : ARRETER ÇA !

Mais arrêter ça comment ? Hurler ? Se jeter sur le couple et l'assommer ? Rire ? Oui, rire. Les déranger. Les secouer. Rappeler à soi Tony. Casser le sortilège. Mettre les pieds dans le plat. Ramener l'air pur et la rigolade.

« Oh! oh! dit Véréna. Quel exploit! Quelle imagination! C'est la partouze, mes enfants! »

Elle a obtenu ce qu'elle voulait. Tony, secoué par sa voix, a ouvert les yeux. Il s'est détaché de Cécilia.

« Bravo! continue Véréna. On se croirait dans une résidence de luxe des environs de Paris. Ah! bravo! C'est le grand défoulement! La liberté de mœurs à la portée des Français moyens. La sexologie de *Marie-Claire* ! »

Cécilia, alors, glisse du canapé, avance vers elle à genoux, embrasse Véréna sur la bouche et commence à la caresser. Et Véréna, curieusement, se laisse faire. Elle préfère encore cela au spectacle de Tony et de Cécilia, enlacés.

Tony et Carlos regardent les deux filles, et Véréna les imagine complices, ce qui lui est insupportable. Elle voudrait que Tony, au moins, cesse de sourire. Qu'il comprenne ce qui se passe dans sa tête à elle, cette panique, cet appel au secours qu'elle lui adresse mentalement. Elle voudrait qu'il l'emporte loin d'ici et qu'il jette ces gens dehors. Il ne sent donc pas ce qui arrive? Cette fleur fragile qui se froisse, qui va crever? Il ne comprend donc rien, cet imbécile?

Et Véréna s'arrache aux mains de Cécilia. Elle sort du salon, gagne la salle de bain et, la tête sous le robinet de la baignoire, laisse couler de l'eau froide sur son visage.

Quand elle revient dans le salon, elle voit Carlos, les jambes croisées, qui fume toujours en regardant d'un air distrait Tony faire l'amour à Cécilia.

Tony, lui, n'a pas pu supporter le regard de Véréna. Quand elle est entrée, il s'est levé, a pris Cécilia par la main et, sans un mot, l'a entraînée dans la chambre voisine. Il a refermé la porte sur eux et Véréna entend, à travers le mur, sangloter le fantôme d'Adèle dans le lit d'acajou.

L'eau froide a dissipé dans sa tête les vapeurs de la fumée. Ses idées sont tout à fait claires, à présent, et elle résume froidement la situation : « Tony est en train de baiser cette poufiasse dans mon lit. » C'est tout. Et voici que ce nom, Tony, a perdu sa sonorité familière. Tony, désormais, ne fait plus partie d'elle.

Elle est assise en face de Carlos et ils sont comme deux voyageurs dans une salle d'attente. Carlos l'observe attentivement et Véréna est agacée par cette attention. Qu'est-ce qu'il guette ainsi ? Est-ce qu'il croit, par hasard, qu'elle va se mettre à pleurer ?

« Tony, dit-elle, c'est la Bolivie.

– Pardon ?

– Vous ne connaissez pas l'histoire du diplomate anglais qui avait été gravement insulté par le président de la Bolivie ?

– Non, dit Carlos, un peu surpris.

– Eh bien, dit Véréna, il n'a pas supporté ça. Il est rentré à Londres et il est allé raconter à la reine Victoria l'outrage qu'on lui avait fait subir et, à travers lui, à tout le Royaume-Uni. La reine est entrée dans une colère épouvantable. Elle voulait envoyer des canonnières pour punir la Bolivie mais ce n'était pas possible. Alors, elle a appelé ses cartographes et elle leur a donné l'ordre de rayer la Bolivie de toutes les cartes anglaises. Les cartographes ont obéi; ils ont agrandi les territoires des pays limitrophes, prolongé les frontières et la Bolivie a disparu.

– Je ne vois pas le rapport, dit Carlos,

– Ça ne fait rien, dit Véréna. Mais vous ne trouvez pas que tout ça est très bizarre? » »

Geste d'indifférence de Carlos.

« Ça ne vous fait rien? insiste Véréna.

– Quoi? » dit Carlos.

Véréna désigne la porte de la chambre.

« Votre femme, dit-elle. Votre femme et Tony?

– Ça m'est égal, dit Carlos. Demain, elle sera de bonne humeur.

– Je ne suis pas comme vous, dit Véréna. Je crois que je ne suis pas faite pour ces choses-là. Pas assez solide. Je vous parais sans doute tout à fait ridicule?

– Pas du tout », dit Carlos.

Il jette son mégot dans la cheminée.

« Vous savez, dit-il, je suis marié depuis longtemps avec Cécilia et il y a longtemps que je ne la désire plus.

– Mais pourtant, dit Véréna, vous vivez ensemble?

— Oui, dit Carlos. L'habitude. Et puis je l'aime bien.

— Et ça ne vous dérange pas qu'elle...

— Non, dit Carlos. Je m'en fous.

— Et... ça arrive souvent ?

— Ça arrive, dit-il. Je ne peux pas le lui reprocher puisque je n'ai pas envie d'elle.

— Tout ça est horrible, dit Véréna, et on a l'air malin, tous les deux.

— Je sais ce que vous pensez, dit Carlos, ne me croyez pas stupide. Je comprends ce que vous ressentez mais je suis plus âgé que vous... »

Il semble plus chaleureux, tout à coup. Le désarroi de Véréna ne lui échappe pas mais, tandis qu'il s'efforce de la rasséréner, tandis qu'il tente de la convaincre que ce qui ce passe à côté ne mérite vraiment pas qu'on soit aussi désemparée, Véréna se sent encore plus humiliée d'être percée à jour par cet inconnu. Elle n'a pas besoin qu'on la plaigne. Après tout, il a raison : ce n'est pas parce que l'homme qu'on avait cru aimer se conduit comme un porc qu'on va cesser de respirer. Ce n'est pas la Pologne à traverser. Un mauvais moment et puis c'est tout.

« Même dans le plus bête des vaudevilles, dit-elle, on n'imaginerait pas une situation pareille.

— Voulez-vous une cigarette ? propose Carlos. Voulez-vous que je vous serve à boire ? »

Finalement, il est beaucoup moins désagréable qu'au premier abord, ce type. Un peu vulgaire avec son complet Prince-de-Galles, sa cravate trop à la mode et sa moustache blonde. Des manières d'assureur mais il n'est sûrement pas méchant. Et il fait ce qu'il peut pour être aimable. C'est bien. Elle va être aimable, elle aussi. Et mieux que ça, encore. Puisque Tony l'a abandonnée aux mains de ce plouc, elle va lui montrer, à Tony, de quoi elle est capable. Et elle va y aller au bazooka.

« Vous avez raison, dit Véréna. Je crois que, maintenant, je m'en fous aussi. Mais dites-moi, puisque vous avez l'habitude, vous et votre femme, de faire des partouzes, pourquoi n'essayez-vous pas de coucher avec moi ?

– Je n'aime pas ce que vous dites, répond Carlos.

– Je ne vous fais pas envie ?

– Non, dit Carlos. Parce que vous êtes malheureuse.

– Moi ? dit Véréna. A cause de ça ? (et elle désigne la porte)... tout à l'heure, oui. Plus maintenant. Vous me trouvez laide ?

– Taisez-vous, dit Carlos. Vous dites n'importe quoi !

– Moi, je vous trouve assez beau », dit Véréna. Elle se lève et va s'asseoir sur les genoux de cet homme qu'elle ignorait la veille. L'enfant Véréna vient de mourir. Une femme qui s'appelle Véréna a pris sa place. Cette femme est belle et provocante. Elle est libre, désespérée et elle sait ce qu'elle veut. Elle est donc irrésistible. Et qui a jamais vu un Espagnol résister à une provocation ?

Pas celui-ci, en tout cas, qui referme ses bras sur elle et l'embrasse et la déshabille et la caresse en la traitant de folle et la courbe sur le tapis et lui offre la surprise d'un plaisir tout à fait imprévisible. S'étant défait de son Prince-de-Galles, de sa cravate et de sa réserve, le plouc révèle une détermination et même une imagination confondantes. Bien au-delà de la représaille initiale, Véréna perd, de seconde en seconde, le contrôle, qu'elle croyait pourtant durable, de la situation.

Levez-vous, orage désiré! Un orage? C'est un ouragan, c'est un cyclone qui fond sur eux. La porte ouverte violemment crache un Tony furieux qui se jette sur Carlos et le bourre de coups de poing. Les deux hommes ont roulé de côté. Surpris par l'assaut, Carlos a de la peine à se défendre. Cécilia paraît à son tour et, en pleurnichant, tente de séparer les deux hommes que la colère fait haleter. Tony a saisi Carlos par les cheveux et lui frappe la tête au sol en le traitant de salaud.

La voix de Véréna l'arrête net :

« Mon pauvre Tony, tu es vraiment ridicule! »

Rhabillée en un clin d'œil, Véréna, méprisante, toise son monde. Sous la lumière rallumée, la nudité pèse à chacun. On s'affaire à retrouver des vêtements égarés dans le désordre des coussins et un lamentable strip-tease à l'envers commence. Cécilia, défigurée par la fatigue et la peur, peine à rattacher une jarretelle réticente. Carlos, à quatre pattes, cherche en grognant une chaussette perdue. Tony, blême, le regard fuyant, remet ses cheveux en place devant la glace.

« On se croirait à la piscine! ricane Véréna, impitoyable. Mais la prochaine fois, il faudra prévoir un vestiaire. »

Quand Tony, enfin, eut claqué la porte sur le dos des Espagnols, les fameux « torts réciproques » ont commencé à se profiler.

De crises de larmes en explosions de rage, Tony a tenu Véréna éveillée jusqu'au matin. Il a invoqué l'excuse de l'ivresse et du haschisch pour expliquer ce qui l'a poussé, lui, le premier à faire basculer la soirée dans cette minable partie de fesses. Quant à Véréna, il estimera qu'elle s'est conduite comme une moins que rien. Un homme, ce n'est pas pareil mais comment a-t-elle pu, elle, sa femme, celle qu'il a épousée, à qui il a donné son nom, la mère de son fils, comment a-t-elle pu lui faire ça, à lui ? A l'entendre, il ne pourra plus jamais ôter de son esprit l'image de Véréna, vautrée avec ce type immonde, ce blond fadasse, cette ordure de Carlos. Si elle peut expliquer comment elle a pu se soumettre à cette cochonnerie, mais qu'elle le dise, qu'elle le dise !

Mais Véréna, hautaine, glacée, n'essaiera même pas de se justifier, confrontée à une pareille mauvaise foi. Au contraire, elle va en remettre. Elle va expliquer calmement à Tony Cabestany qu'elle s'est laissé faire de grand cœur et même qu'elle y a pris un plaisir extrême.

Et la nuit avancera ainsi, sans les rapprocher.

Les sanglots de Tony, sa déambulation rageuse, ses soliloques et même ses insultes la laisseront indifférente. Elle l'entendra, sans émotion, parler « d'amour brisé », « d'honneur bafoué », etc. Elle le trouvera seulement un peu trop italien dans sa grandiloquence.

A huit heures, lasse, elle ira dissoudre sous une douche chaude cette image désagréable d'une hermine qui a traîné dans le purin. Elle se lavera la tête et laissera longtemps ruisseler l'eau sur son corps. Puis, pour la première fois depuis qu'elle vit avec Tony, elle ira prendre son petit déjeuner, seule, dans un café de Montparnasse.

L'après-midi de ce jour, Tony se précipitera chez un avocat. Véréna s'opposera-t-elle au divorce? Non. Elle comprend la décision de Tony. Une dernière fois, ils sont d'accord pour se quitter. Elle veut garder son fils? Bien sûr. Tony fait remarquer qu'il n'est pas un salaud. Il ne privera pas cet enfant de sa mère. Arthur restera donc avec elle. (Et que ferait-il, lui, seul, avec un bébé sur les bras?) Il lui laisse l'appartement, aussi. Il lui enverra de l'argent, quand il en aura.

Il n'y a plus qu'à laisser faire l'avocat qu'a choisi Tony. Il sait. Il a l'habitude de forger des torts réciproques plausibles pour des gens civilisés, puisque la loi est idiote, puisqu'il faut trouver des raisons administratives de se séparer quand on ne s'aime plus.

– Donc, résume Montabot, vous divorcez, votre mari disparaît et vous n'entendez plus parler de lui...

– Je ne l'ai jamais revu, dit Véréna, mais j'ai beaucoup entendu parler de lui.

Par Matthias, d'abord. A entendre mon frère chez qui il était allé se réfugier, Tony était très affecté par notre séparation.

Du moment qu'il n'était plus le mari de sa sœur, Matthias était prêt à accorder à Tony sa plus amicale sympathie. Il lui avait même offert l'hospitalité, le temps que l'autre se trouve un studio.

Tony avait laissé tomber son travail à la clinique. Il ne se lavait plus, ne se rasait plus et restait prostré pendant des heures, attendant le retour de Matthias, car ses lamentations comme ses rires avaient besoin d'un public pour atteindre à la perfection. Tony pleurait et gémissait comme on le fait à l'opéra, « en ténor », disait Matthias. Il appelait la mort à grands cris.

Agacé par cette Traviata, Matthias l'obligeait à sortir. Il l'emmenait avec lui, le soir, lui présentait des filles et tentait de le persuader que cette séparation, loin d'être une catastrophe, lui serait sûrement bénéfique.

« Vous n'alliez pas bien ensemble, Véréna et toi, triomphait Matthias. Il fallait vraiment être aveugles comme vous l'étiez tous les deux pour ne pas s'en apercevoir ! »

En même temps, il l'incitait à reprendre sa guitare, à la fois pour le distraire et aussi pour se débarrasser de ce saule pleureur qui s'accrochait à lui, durant des nuits entières de beuverie.

Il y réussit. Tony, un beau jour, disparut. Matthias s'inquiéta :

« J'espère que ce con n'est pas allé se planter quelque part. »

Tony n'était pas mort. Abandonnant définitivement son métier de dentiste, il s'était remis, sur les ailes du désespoir, à composer des chansons et à les chanter de sa voix d'or.

Et ce fut le succès tant espéré naguère. Un éditeur accepta enfin de lancer son premier disque. En quelques jours, toutes les radios « matraquèrent » les chansons de cette nouvelle étoile du show-business, rebaptisée Tony Whitespirit. Le beau Whitespirit qui, malgré ce pseudonyme anglo-saxon, était désormais le numéro un des crooners français.

L'une de ses chansons, surtout, était devenue une véritable rengaine qu'on entendit pendant toute une saison, diffusée par les juke-boxes, les chaînes de radio, la télévision et les dancings de l'été. La voix de Tony Whitespirit me poursuivait jusque dans les Prisunic où son sourire éclatant se vendait en 45 tours, entre les petites culottes et le thon au naturel.

... Je les ai toutes
Mais pas toi
Elles m'écout'
Toi, tu t'en vas
C'est dans la poch'
Pour les jolies
Et pour les moch'
Ça l'est aussi
Mais moi je ne
Pense qu'à toi
Je fais des vœux
Je me fais vieux
Qu'est-ce que je peux
Faire sans toi
Toi que je veux
Toi qui veux pas...

« Décidément, disait Matthias, un peu jaloux de ce succès, ce n'est vraiment pas la peine de se casser la tête pour gagner du fric! Mais tu as bien fait de le faire pleurer; maintenant, il se mouche dans des chèques. »

Même la mère Le Bihan passait l'aspirateur chez moi en chantant à tue-tête :

... mais ce n'est que
Toi que je veux
Toi et tes mains
Et tes cheveux
Et ce sourir'
Un peu léger
Qui semble dir'
J'ai pas changé...

J'appris plus tard, par mon propre journal, que Tony Whitespirit avait épousé une « groopie folle de lui depuis toujours ». Un mariage de show-business dont les photos s'étalaient sur trois pages. Tony et Stella avaient été invités au Club méditerranée de Tahiti pour leur voyage de noces. Ils avaient des colliers de fleurs et buvaient des punchs orange dans un lagon vert. J'ai remarqué, non sans perfidie, que Stella avait la cuisse courte et trapue mais Tony, sur la photo, semblait si éclatant de joie que j'ai pensé qu'il avait enfin trouvé sa moitié d'orange que je n'aurais jamais été pour lui.

Depuis, la renommée de Tony Whitespirit n'a fait, comme vous le savez, que croître et embellir. Il tient encore fermement la tête des hit-parades. C'est une rentabilité française qu'on invite à l'Elysée. Il se produit dans le monde entier. Il attire même les foules à la fête de *L'Humanité.*

Tony, vexé, m'a rayée de sa vie. Je ne l'ai jamais revu autrement qu'en photos, sauf une fois, il n'y a pas longtemps, avenue Pierre-Ier-de-Serbie. J'étais dans ma voiture et j'enrageais derrière une Porsche qui maraudait. J'étais en retard et pressée. Je ne suis pas patiente et j'ai klaxonné pour faire grouiller l'imbécile qui me bouchait la route. Il a tourné dans une rue en me faisant, par la portière, un bras d'honneur. C'était Tony. Il ne m'avait pas reconnue. Ainsi vont les amours : un type vous aime, vous épouse, vous fait un enfant, vit avec vous et crac, dix ans plus tard, il vous fait un bras d'honneur sans vous reconnaître en tournant dans la rue Georges-Bizet ! C'est drôle.

La banque de Tony m'envoie tous les mois un chèque qui est censé couvrir les frais d'éducation d'Arthur. Tony se fait parfois photographier avec son fils qu'il tient, pour la circonstance, amoureusement serré contre lui. C'est le Sourire du Père. Arthur, lui, ne sourit pas sur la photo; on sent qu'il se tortille. Arthur déteste les photographes. Parfois, son père l'emmène en vacances à Saint-Tropez. C'est la groopie qui vient le chercher. Arthur a des places gratuites pour l'Olympia. Je sais qu'il se vante de la célébrité de son père auprès de ses camarades de classe. C'est normal et ce n'est pas grave. Arthur est un Wäber. Il a les mêmes cheveux et les mêmes yeux que Matthias et moi. Il a aussi le même humour et les mêmes distances.

Plus les années passent, moins je reconnais dans les traits photographiés de Tony Whitespirit le jeune homme de Collioure qui m'emportait sur sa moto. Il doit avoir trente ans passés aujourd'hui et ses cheveux qu'il porte longs commencent à grisonner. Il doit en être désolé car Tony, je le sais, à toujours eu peur de vieillir. Mais, plus le temps passe, plus ses vêtements rajeunissent. Il porte des vestes multicolores, des bracelets de turquoise et des colliers au ras du cou. Le sourire, seul, n'a pas changé. La mort, je le sais, respectera ce sourire.

PAUSE. Le commissaire attaque une allumette toute fraîche dont il broie avec délectation le soufre rose entre ses dents. Il a refermé son carnet et rangé son dossier dans sa serviette de cuir. On dirait que son visage se détend soudain. Son regard s'éclaire. Un demi-sourire passe même sur ses lèvres étroites.

Est-ce fini ? Sait-il maintenant tout ce qu'il souhaitait apprendre sur cette Véréna Wäber dont on a relevé le nom sur le carnet de l'homme assassiné ? Va-t-il enfin se lever et partir ?

Non. Il s'accoude à son fauteuil, le menton soutenu entre deux doigts. Il regarde Véréna comme un qui se demande par quel bout, désormais, il va attaquer le morceau.

Et Véréna, bravement, soutient le regard du flic, attentive à contrôler l'espèce de peur nerveuse qui commence à lui bouffer le cœur comme une fleur vénéneuse.

Ce n'est pas pour entendre ses histoires d'enfance et même de mariage foutu que ce type est là.

Ce qu'il veut savoir, il l'a dit, c'est la nature de ses relations, si relations il y a eu, avec Pierre Fauquembergue. Et il est évident que ce nom, il va, à brève échéance, le prononcer pour la seconde fois. Donc, il faut qu'elle fasse extrêmement attention à ce qu'elle va dire désormais. Ne pas se couper. Avoir l'air innocent. C'est un comble !

Mais s'il l'a questionnée et écoutée depuis si longtemps, n'est-ce pas parce qu'il ne sait rien de précis au sujet de ce qui l'intéresse particulièrement ? A part, évidemment, cette histoire de carnet d'adresses dont il a fait mention tout à l'heure.

Il sait, parce qu'elle le lui a dit, qu'au moins une fois dans sa vie elle a rencontré l'homme dont on recherche les assassins. Il aurait été maladroit de le passer sous silence : quelqu'un pouvait les avoir vus, rue de Grenelle, ou même plus tard, et le dire.

C'est évident, le commissaire ne sait rien d'autre. S'il avait une quelconque certitude, il n'aurait pas perdu son temps à lui faire ainsi recracher sa vie, morceau par morceau. Il serait allé droit au but. Donc, il ne sait rien et il cherche.

A dire vrai, elle aurait préféré qu'il continuât ses questions brutales du début à propos de Fauquembergue, au lieu, comme il l'a fait, de détourner son attention sur le passé, de créer cette intimité inévitable et dangereuse qui s'établit entre celui qui parle et celui qui écoute.

Elle est le cerf-volant dont il tient le fil. Ainsi, il l'a laissée prendre le vent, virevolter à sa guise, assuré de pouvoir, à son gré, la ramener à terre, d'une minute à l'autre.

Il a réussi, en partie, à éteindre sa méfiance. Elle lui a parlé, parfois, non pas comme on le fait à un flic mais presque comme à un ami. Elle s'est oubliée, à plusieurs reprises, et elle a livré d'elle-même à cet inconnu ce qu'elle n'aurait pas cru possible, jusqu'alors, de dire à qui que ce soit.

Depuis qu'il est entré dans cette pièce, il n'a parlé qu'une fois et clairement de Pierre Fauquembergue et, pourtant, toutes les questions qu'il lui a posées, toutes ses réponses à elle, contenaient en filigrane le nom de l'homme assassiné.

Et voici que Véréna fait une découverte encore plus troublante : si elle est obligée, aujourd'hui, de raconter sa vie à ce policier, c'est que sa vie tout entière la menait à Pierre, l'orientait vers lui par tout ce qu'elle a fait, vu, ressenti, pensé, depuis sa naissance. Comme si, un jour d'avril 1946, en Bavière, elle s'était mise en marche pour le rencontrer, trente-deux ans plus tard, un jour de juin, rue de Grenelle. C'était pour se préparer à la violence de sa mort que la petite fille qui se nommait Véréna avait, autrefois, découvert la première le visage d'Ulrich Wäber, fracassé par son revolver. C'était pour arriver à Pierre comme un caillou poli par la mer qu'elle avait appris, à Strasbourg, les révérences et la grammaire latine, le basket et la relativité, la trigonométrie et *Le Cimetière marin*. Et, durant des heures et des heures de son adolescence qu'elle croyait alors perdre à décrypter les mystères des esprits doux, rudes ou les embûches des iotas souscrits, c'étaient la patience et l'obstination qu'elle apprenait pour pouvoir supporter un jour les contradictions et les absences de Pierre Fauquembergue.

Même son mariage avec Tony Cabestany et les amants de rencontre qu'elle avait eus par la suite avaient été une étape de cette lente et mystérieuse initiation, une sorte de répétition générale, de brouillons qui devaient lui permettre d'éviter les fautes et les maladresses qui transforment les passions flambantes en fastidieuses routines.

Ce flic savait-il cela, lui aussi ? Etait-ce pour se renseigner sur Pierre Fauquembergue qu'il exigeait de Véréna qu'elle épelle ainsi sa vie ? Loin de la croire suspecte, tentait-il d'en faire une complice de son enquête, une sorte d'indicatrice ?

Dans ce cas, la tentation était grande de se débarrasser de lui en lui livrant toute la vérité : oui, j'ai été la maîtresse, « l'amie », comme l'écriraient hypocritement les journaux, de Pierre Fauquembergue. Et cela, pendant deux ans. Oui, j'ai aimé à la folie cet homme que j'appelais le Gitan à cause de ses cheveux et de ses yeux sombres. Oui, il m'aimait aussi, du moins il le disait et je l'ai cru. Il m'aimait en homme, avec la prudence et la lâcheté que cela implique, soucieux d'un secret qui protégeait à la fois ce qu'il appelait sa vie de famille et sa carrière. Oui, pendant deux ans, je me suis contentée des miettes de présence que me laissaient l'une et l'autre. Oui, moi, Véréna Wäber dont l'orgueil a toujours rendu la nuque inflexible, je me suis, avec joie, nourrie de ces miettes-là !

Mais si, vraiment, ce flic ne savait rien, à quoi bon lui faire cette révélation que Pierre l'avait toujours suppliée de taire ? A quoi bon maintenant, puisque personne, personne, ne pouvait en être témoin.

Si Anne Fauquembergue n'avait rien dit à la police, personne, vraiment, ne pouvait le savoir. Et encore, la garce l'avait deviné, à cause de l'unique imprudence de Véréna, en deux ans : ce pneumatique sur en-tête du journal, qu'elle avait envoyé chez lui, à Pierre, parce qu'elle ne l'avait pas vu depuis huit jours et qu'elle n'en pouvait plus. Un pneumatique tout à fait laconique : « Appelle-moi au journal, je t'en prie. Signé : Véréna. » Est-ce qu'elle pouvait savoir que l'autre se précipitait sur le courrier qui arrivait rue de Longchamp et l'ouvrait ? Pierre, ce jour-là, était en province et c'était Anne Fauquembergue qui l'avait appelée au journal où il n'y avait pas trente-six Véréna. Et ce jour-là, Véréna avait tenu bon sous les rafales hystériques et les insultes que la dame avait crachées dans l'appareil. « ... je ne sais pas de quoi vous voulez parler, madame. Vous devez vous tromper. »

Pierre, à son retour, avait subi, lui aussi, la tornade. Anne l'attendait, glacée, le pneumatique ouvert à la main.

« Qu'est-ce que c'est que ça ? »

Il avait dû prendre cet air idiot des hommes surpris en flagrant délit de tromperie et qui n'ont pas eu le temps de forger un mensonge. Puis, avec l'assurance craintive de son saint patron, avant que le coq chante, il avait renié Véréna trois fois. Ça ? il ne connaissait pas. Une erreur sans doute.

« Elle te tutoie! avait glapi l'autre, et tu prétends ne pas la connaître ?

– Non, je ne la connais pas. »

C'etait la première fois que Véréna l'avait vu en colère. Blanc, les traits pincés, la voix impérieuse :

« Je t'interdis de m'écrire chez moi, tu m'entends ? »

C'en était trop. Pour la première fois de sa vie, des larmes étaient montées brutalement aux yeux de Véréna et il n'y avait pas les moindres cabinets dans les environs. Elle s'était sauvée de sa voiture avant qu'il ait pu faire un geste pour la retenir et s'était juré de ne le revoir jamais. Mais, évidemment, quand il l'avait appelée le lendemain, elle avait fondu.

L'ORDINATEUR le plus fin, le plus sophistiqué, le plus sensible, le plus « intelligent », le plus puissant, le plus fourni en informations aurait immédiatement recraché dans un hoquet l'hypothèse d'une rencontre entre Véréna Wäber et Pierre Fauquembergue.

L'interrogation aurait purement et simplement détraqué l'appareil à moins qu'il n'ait été équipé d'une série d'adjectifs programmés pour expliquer poliment les raisons du refus : ANORMAL, EXTRAVAGANT, INVRAISEMBLABLE, IMPROBABLE et même INCONCEVABLE.

D'abord, Pierre et Véréna n'habitaient pas la même planète. Il était de près de vingt ans son aîné. Elle n'aimait que les hommes un peu bohèmes; son regard n'était attiré que par les femmes très élégantes. La Seine coulait entre leurs lits respectifs. Ils ne s'étaient jamais vus. Jamais entendu parler l'un de l'autre.

Même en supposant que Pierre Fauquembergue ait éprouvé un besoin printanier et extra-conjugal de varier les plaisirs du corps, ce qui n'est pas inconcevable pour un homme normal de quarante-neuf ans, marié depuis vingt-six ans à la même femme, il n'avait qu'à faire son choix dans son environnement naturel qui s'étendait topographiquement de la rue de Longchamp, dans le XVIe arrondissement, à la rue de Grenelle, en plein cœur du Faubourg-Saint-Germain, ces deux arrondissements cossus dont les maris, fort occupés par leurs ambitions personnelles et fort ralentis dans leurs activités amoureuses par les effets d'un cholestérol chronique, laissent leurs épouses dans une vacuité sexuelle bien propice à combler des amants de passage.

Il ne manquait pas, autour de lui, de jolies femmes un peu délaissées, délicieusement oisives et parfumées qui lui auraient volontiers, de-ci de-là, fait infuser une tasse de thé, vers cinq heures du soir, quand le soleil de juin décline si voluptueusement sur les marronniers tièdes de l'avenue Henri-Martin.

D'autre part, le ministère de l'Industrie, qui abrite quelques fantômes coquins derrière ses murs du XVIIIe siècle, fourmillait en créatures, aussi distinguées que légères, qui font virevolter leurs kilts entre les machines à écrire et les photocopieuses, au nom d'une libération féminine qui les a mises au turbin. Aucune n'était insensible au charme retenu mais certain de M. Fauquembergue, dont les avis, disait-on, étaient très appréciés à Washington.

L'une d'elles avait fait remarquer un jour qu'il ressemblait, avec ses cheveux frisés à peine teintés de gris, au frère aîné de Julien Clerc et plus d'un regard suivait sa silhouette agile lorsqu'il dévalait le perron et congédiait son chauffeur pour prendre lui-même le volant de sa luisante Peugeot, selon la nouvelle mode sportive et démocratique, lancée par l'Elysée.

Or, que ce soit aux alentours de la rue de Longchamp ou dans le Faubourg, les pires mauvaises langues n'auraient pu attribuer une liaison à Pierre Fauquembergue. Il n'en avait pas le temps et les égarements du sexe ne tourmentaient pas ce grand Scorpion natif de Lille, issu d'une modeste famille d'agriculteurs et qui avait dû travailler énormément pour arriver à la situation qui était la sienne.

Une situation sûrement importante mais cependant assez floue, du moins pour Véréna, qui allait se précipiter dans le *Who's who,* au nom de Pierre Fauquembergue, animée par une curiosité qu'elle croyait toute professionnelle.

Outre le fait qu'il s'était marié vers vingt-trois ans à une Anne de La Luzinière dont il avait eu trois enfants, la biographie de Pierre, Adrien, Fauquembergue n'était pas tellement différente de celles des nombreux hommes politiques dont les noms étaient rassemblés dans le gros livre rouge. Fac de droit, Sciences po, ENA, il avait fait un parcours du combattant dans l'Inspection des finances et était passé au Haut-Commissariat à l'énergie atomique, avant d'être chargé de mission auprès du ministre de l'Industrie. Quelle mission ? C'était très vague.

Les œuvres qui lui étaient attribuées n'avaient rien de folichon et leurs titres semblèrent à Véréna des énoncés de pensums : *Les Conditions financières d'une mobilisation des ressources énergétiques de la France* (1973) et *Prospectives industrielles du tiers monde* (1975).

Etait-il un politicien ? Un financier ? Un marchand déguisé en économiste ou une barbouze dissimulée sous un conseiller ? Ses décorations étaient banales : chevalier de la Légion d'honneur et officier de l'ordre national du Mérite. Comme tous ses semblables, il jouait au golf, montait à cheval et savait vraisemblablement tenir la barre d'un voilier. Il connaissait le plongeoir distingué et misogyne de l'Automobile-Club. La mention de son appartenance au Maxim's Business Club avait fait rire Véréna. Qu'est-ce que c'était encore que ce cirque-là ? Le mot *business* avec sa sonorité de moustique en effervescence lui avait toujours semblé aussi cocasse que les hommes qui s'en paraient. Les bise-ness-men.

Un jour, en allant faire un reportage à Lyon, Véréna s'était retrouvée dans un de ces trains rapides, climatisés, aux fenêtres soudées. Un train d'affaires. Un train qui ne flânait pas dans les courbures de la voie et ne s'attardait pas à regarder le paysage.

Il était tôt et elle était la seule femme parmi des

hommes. Elle s'était amusée à les regarder, à les écouter, comme un entomologiste qui observe une colonie de coléoptères rares. Ils avaient tous revêtu une sorte d'uniforme : mêmes tissus, mêmes coupes sobres, mêmes couleurs foncées où l'on décelait parfois le choix, la main d'une femme par une couleur de cravate qui se voulait plus audacieuse ou une rayure de chemise. Presque tous portaient des alliances, signes rassurants dont l'épaisseur datait les mariages. Les alliances des plus âgés, ceux de cinquante ans, étaient larges comme on les faisait dans les années 50-60 et déjà incrustées dans la chair des doigts. Les plus jeunes portaient des anneaux fins, plus lâches. Il y avait autour de ces hommes des odeurs de lavande et de pin sylvestre. Certains avaient encore des traces de savon à barbe oubliées près des oreilles, dans la hâte du départ matinal.

Véréna essayait de deviner le visage de la femme qui se cachait derrière chacun de ces hommes. Sûrement, l'une d'entre elles se demandait : « Que fait-il, en ce moment ? » Que font les hommes, quand nous ne sommes pas là ? Ils se rassemblent frileusement et redeviennent des espèces de vieux écoliers dont ils ont gardé les cartables, les cahiers, les dossiers et les rites. Ils ont des devoirs à rendre, des leçons à apprendre. Ils font des graphiques. Ils attendent des bons points, feuillettent des polycopiés et fomentent des complots pour détrôner les chouchous d'un professeur qui se nomme président. Oui, des élèves, moins les rires et les chahuts. Comme si la vie les avait triés pour ne garder dans ce train que les meilleurs, au sens d'autrefois, les premiers de la classe, les sérieux, les fayots qui se trémoussent sur leurs bancs pour être interrogés. Les lunettus. Véréna, fascinée, comptait les paires de lunettes. Etait-ce la myopie qui les avait rendus si graves ou la gravité qui les avait rendus si myopes ? Elle avait écouté leurs conversations, tandis qu'ils penchaient leurs visages attentifs sur des croquis de pompes, de laminoirs, sur des colonnes d'inventaires. Même durant le repas, ils avaient continué à jouer à leurs jeux d'argent auxquels les avait préparés, jadis, des jeudis entiers de Monopoly. Ils roulaient des mies de pain, obsédés, aveugles aux vallons, aux forêts qui glissaient le long des fenêtres... « Si Mercier intervient mardi, cela peut modifier considérablement l'opération... dans ce cas, la structure nouvelle pourrait être en place dès septembre... » Ils buvaient du bordeaux sans en reconnaître la chaleur. Ils avalaient, indifférents, l'immonde nourriture de la SNCF en calculant la fiabilité d'un *leasing.* Ils étaient même aveugles à la beauté de Véréna qu'ils auraient croisée un jour dans leur vie, sans même s'en apercevoir. Leurs femmes pouvaient dormir tranquilles. Ils étaient déjà presque morts.

On peut dire qu'elle n'avait été pour rien dans sa rencontre avec Fauquembergue. Tout était parti d'une vacherie de Varanger. Au début de juin, pendant une conférence du matin, il s'était aperçu que la jeune femme, au lieu de suivre ce qui se disait dans la salle, rêvassait, assise aux tables du fond, en regardant par la fenêtre. Varanger n'aimait pas Véréna Wäber qui avait été la protégée de son ennemi, feu Bigarrot, et, depuis la mort de ce dernier, il s'était arrangé pour faire payer à Véréna une partie des humiliations que l'autre lui avait fait subir.

Il savait qu'elle était divorcée, qu'elle avait un enfant à élever et, donc, qu'elle ne pouvait se permettre de quitter un journal qui lui assurait sa subsistance. Il en profitait donc et, chaque fois que c'était possible, lui confiait des enquêtes fastidieuses ou des reportages fatigants et sans intérêt. Quand son imagination était à court de ressources, il l'assommait de rewriting en annonçant d'un air mielleux que, « puisqu'elle était l'une des rares dans la maison à savoir écrire le français, elle allait pouvoir s'en donner à cœur joie ».

Ce matin-là, il l'avait interpellée comme un cancre qu'on réveille pour l'envoyer au tableau. Le Dauphiné s'agitait à cause de l'implantation du surrégénérateur de Creys-Malville. Des vagues d'écolos commençaient à prendre le chemin de l'Isère pour soulever les populations locales contre le danger atomique. Il y avait déjà des manchettes dans les quotidiens parisiens.

Varanger, qui était socialiste et hostile, par principe, à toute décision gouvernementale, dirigeait cependant un journal où les consignes de l'Elysée, maître des banques et des finances qui soutenaient le groupe de presse, étaient souveraines. Et justement, l'Elysée venait de faire savoir qu'il ne serait pas mauvais de rassurer les « veaux » qui commençaient à beugler dans les étables, en reniflant un danger atomique que l'opposition gonflait à plaisir.

Varanger avait donc décidé de faire l'ouverture et même la couverture du journal sur l'innocence du surrégénérateur.

« ... vous, Cormier, vous filez à Grenoble et Véréna Wäber s'occupera, à Paris, de l'Industrie.

– Moi ? dit Véréna.

– Pourquoi, vous êtes débordée de travail ? ironisa Varanger.

– Non, dit Véréna, mais je ne sais pas ce que c'est qu'un surrégénérateur.

– Ce n'est pas une réponse de journaliste, dit

Varanger. Je vous signale que les archives ne sont pas faites pour les chiens... Et les lecteurs, vous croyez qu'ils savent ce que c'est ? Alors, débrouillez-vous. Expliquez-leur. Et je veux aussi un point de vue officiel sur cette affaire. Allez au ministère et voyez aussi quelqu'un de l'EDF. Comme ça, on sera parés. »

Jamais elle n'avait fait ce genre de reportage. D'habitude, on l'envoyait sur les faits divers à prolongements sociologiques, les procès ou les événements à sensation comme l'enlèvement du cercueil de Pétain. Plus souvent, on lui réservait les grèves, les ennuyeuses conférences sociales ou les pères célibataires en colère qui exigeaient la garde de leurs enfants.

Cette fois, l'autre fumier la prenait de court avec cette enquête qui nécessitait des connaissances scientifiques qu'elle n'avait pas et des relations avec un ministère où elle n'avait jamais mis les pieds. Gaétane Chouilloux aurait mieux fait l'affaire, avec ses carnets bourrés d'adresses et ses innombrables copains politiques qu'elle tutoyait même pour plus de simplicité.

Assise sur une chaise voisine, Gaétane, occupée à se couper les peaux des ongles sous la table, n'avait rien dit. Véréna la tira par la manche de sa veste.

« Tu veux pas le faire ?

– Peux pas, souffla Gaétane. Je fais le bazar présidentiel au Cameroun. On part demain. Il va se passer un truc très marrant, je te raconterai... Mais t'en fais pas. T'en as pour une heure!

– Qui c'est, le ministre de l'Industrie? chuchota Véréna. Tu te le serais pas fait, par hasard? »

Gaétane pouffa.

« Quand tu le verras, tu comprendras pourquoi non! dit-elle. Mais t'inquiète pas, je te dis. T'as qu'à aller voir Marie-Alice Broteau de ma part. C'est son attachée de presse. Elle est très sympa. Rue de Grenelle. Tu rentres carrément dans la cour avec ta bagnole... »

De Gaulle, qui ne s'intéressait pas aux femmes, sauf quand leurs voix étaient utiles à son élection, ne comprenait pas que l'on puisse avoir, pour elles, des faiblesses. Durant les repas officiels, quand des femmes étaient présentes, il se dépêchait de faire un frais réglementaire à sa voisine de droite puis à sa voisine de gauche et, enfin débarrassé de la corvée, ne s'adressait plus qu'aux hommes, pour les conversations sérieuses. Le régime était puritain. Les écarts de conduite très mal vus et les divorces des officiels à peu près impossibles sans conséquences néfastes pour les carrières des imprudents. Plus d'un grand commis vit retarder son ascension à cause de vies privées jugées un peu trop remuantes. Le général passait même par-dessus la tête du chef du personnel du Quai pour morigéner celui qui osait mêler la bagatelle à ses fonctions diplomatiques. Tel, cet ambassadeur, saisi en son poste par Cupidon et qui se vit apostropher en ces termes par de Gaulle : « Alors, Machin, on couche ? »

Les plus grands voyous se tenaient à carreau ou dissimulaient leurs frasques, terrifiés à l'idée des sanctions qui leur pendaient au nez s'ils se laissaient aller à de coupables et notoires déportements.

Mais après le grand puritanisme de l'époque gaullienne, quand le Père Fouettard eut passé l'arme à gauche, un vent de tagada souffla sur l'Elysée. Les instincts, longtemps bridés, donnèrent enfin libre cours à leurs élans.

Les journaux se saisirent de cette opportunité. Une espèce de mère maquerelle de la presse, misogyne comme toutes les maquerelles et qui dirigeait alors un hebdomadaire en vogue, décida d'utiliser un certain nombre de jeunes femmes attrayantes pour en faire les sirènes rentables du service de politique intérieure. En passant par les oreillers complaisants du pouvoir, elles rapportaient une moisson appréciable de renseignements utiles. L'usage s'en répandit bientôt dans tous les journaux; chacun engagea donc des jolies filles, susceptibles d'émouvoir des hommes politiques que l'émotion rend bavards, c'est bien connu.

Pour ces hommes, en général mariés, que leur situation met trop en lumière pour leur permettre des aventures discrètes, pour ces hauts fonctionnaires dont l'emploi du temps est extrêmement rempli, ces jeunes femmes complaisantes, souvent jolies et peu exigeantes, sont devenues une véritable aubaine. Les voyages officiels, les congrès, les remue-ménage divers des campagnes électorales leur fournissent des alibis incontrôlables et permettent des échanges rapides et sans lendemain qui comblent à peu de frais leur besoin d'évasion. Tout le monde y trouve son compte.

Gaétane Chouilloux faisait partie de la seconde génération de ces escadrons volants et ses aventures auraient rempli tout un livre.

Gaétane, qui, en réalité, se prénommait Arlette, était un bel exemple de mimétisme social. Fille d'un tripier de la Bastille, bien décidée à se promouvoir, elle avait réussi en vingt-sept ans à se donner l'allure et les manières d'une jeune débutante de la rue de La Faisanderie. Ses souliers vernis à barrette, ses blazers de velours, sa coiffure sage, une affectation de grande simplicité, trompaient complètement sur ses origines.

Elle avait appris à se tenir à table et à faire de discrètes apparitions dans les endroits où il est de bon ton d'être vue quand on est une jeune femme ambitieuse. Gaétane Chouilloux plongeait au Racing, courait au bois en survêtement blanc, les dimanches matin, bronzait dans les tribunes de Roland-Garros en juin, allait parfaire sa culture cinématographique à l'Olympic, dînait chez Lipp, dansait (mais pas trop) au Palace, embrassait devant les caméras de la télévision les vainqueurs des grandes régates nationales et partageait ses étés au gré des invitations, entre la planche à voile et le deltaplane.

Avec sa voix douce et son joli visage, elle représentait l'image parfaite de la fiancée que souhaite à son fils une mère d'énarque. On ne résistait pas à Gaétane et les hommes les plus farouches se sentaient troublés par cette fraîcheur sportive dont ils ne soupçonnaient pas qu'elle dissimulait une redoutable rouerie faubourienne.

Vive, pétulante, son inculture totale était compensée par une mémoire prodigieuse qui lui permettait de noter, en détail, des informations qui auraient été impossibles à obtenir par des moyens plus catholiques.

Quand elle revenait au journal, sa carnassière pleine à ras bord, les rédacteurs politiques se jetaient sur elle et « vidaient » Gaétane de son précieux contenu, dont, souvent, elle ne soupçonnait pas elle même l'importance.

Elle avait fait des disciples au service de politique intérieure; trois ou quatre filles plus jeunes qu'elle et qui commençaient à se débrouiller pas mal du tout.

Véréna avait un jour participé à l'un de ces déjeuners de filles où la liberté des propos assure un défoulement salutaire. Avec un joyeux cynisme, les « mâcheuses de ministres », comme les appelait cette vipère de Marot, avaient passé devant elle une revue complète des mœurs intimes du monde politique à faire rougir un rédacteur du *Canard enchaîné.* Véréna n'avait pu s'empêcher de s'étonner de la force de ces filles que ne venait affaiblir aucune espèce de sentimentalité. Avec un mépris total et sans le moindre remords, elles racontaient comment elles manœuvraient ces hommes qui, eux, étaient persuadés qu'ils se servaient d'elles.

« T'as même pas besoin de baiser à tous les coups, disait Gaétane. Heureusement parce que moi, faire l'amour, j'aime pas ça. Franchement, ça me dégoûte. Ces choses gluantes, quelle horreur! Non. L'important c'est d'al-lu-mer! Y sont paumés, ces mecs, tu comprends. Y s' font chier avec leurs bonnes femmes et puis ils commencent à être vieux. Ce qu'ils veulent, c'est plaire. Alors, tu fais semblant de les écouter, extasiée, comme ça... Il faut leur faire des compliments sur leurs discours, sur leurs interventions. Tu dis : « Qu'est-ce « que t'étais beau, hier soir, à la télé, on voyait « que toi, dis donc! » Ils adorent t'apprendre des trucs, te donner des conseils. Ils adorent surtout qu'on les écoute parler, faire leur numéro devant la gamine qui bâille d'admiration. Tu parles, avec leurs mémères, ça marche plus. Elles les envoient aux pelotes, depuis le temps! Et quand ils deviennent trop collants, si t'as vraiment pas envie de te les faire, tu dis que c'est pas bien, que tu veux pas briser un ménage, tout ça, que tu sens que tu vas tomber raide amoureuse et que t'as peur. Alors là, tu les as dans la main que c'est pas possible. Ils te racontent tout ce que tu veux. »

Gaétane, pour sa part, n'avait pas mis tous ses œufs dans ce panier-là. Elle avait une liaison suivie et discrète avec un industriel du Nord qui l'entretenait confortablement et qu'elle comptait épouser d'ici deux ou trois ans... « quand je serai vieille », le temps de le persuader de divorcer. Celui-là, elle se le gardait. Il n'était ni beau ni brillant mais il était riche et sûr. C'est grâce à lui qu'elle était entrée à *Liberté*. La fille du tripier montrait là le bout de son nez; elle flairait l'argent comme une truie les truffes et méprisait les honneurs qu'elle savait passagers. Ce qu'elle voulait, c'était du solide.

Véréna, étourdie, écoutait Gaétane. Jamais elle n'aurait cette santé, ce réalisme, cette aisance, cette faculté d'adaptation, cette solidité à toute épreuve. A côté de Gaétane, elle se sentait gauche et vulnérable. Seul, son orgueil arrivait, parfois, à masquer sa timidité.

UNE oreille captivée par un rossignol excentrique qui s'était mis à chanter, en plein après-midi, dans un arbre du parc, Pierre Fauquembergue, de l'autre oreille, écoutait distraitement le ministre.

La pièce étant en plein sud, on avait tiré des stores de toile à l'italienne devant les fenêtres pour protéger les couleurs délicates des Savonnerie contre l'ardeur du soleil. Une lumière diffuse passant à travers la toile donnait une atmosphère de sieste au grand salon lambrissé, converti en bureau. Outre le chant de ce singulier rossignol, on entendait le cliquetis d'un tourniquet d'arrosage qui rafraîchissait la pelouse et le grattement paisible, régulier, d'un râteau de jardinier sur une allée sablée. Des bruits de vacances auxquels il ne manquait que des rebondissements de balles de tennis.

Par courtoisie ou simplement pour se dégourdir les jambes, le maître des lieux était venu s'installer près de Fauquembergue, dans l'un des trois fauteuils réservés aux visiteurs, devant son bureau.

Ses lunettes plantées sur la tête, M. le ministre se massait machinalement le haut du ventre, à l'emplacement des initiales discrètement brodées sur sa chemise bleue.

« ... la position de l'Angleterre est capitale dans cette affaire, dit-il. Et, bien entendu, imprévisible... »

Les pensées de Fauquembergue voguaient loin des agissements de l'Angleterre mais il avait appris, dans sa carrière, à laisser vagabonder son esprit tout en donnant extérieurement l'impression d'une attention soutenue.

Assis à contre-jour, par rapport au ministre, exposé, lui, à la lumière des fenêtres, il considérait ce visage de vieux jeune homme, d'ancien beau garçon qui s'efforçait de donner le change. La jeunesse était à la mode dans le régime et les efforts que faisait cet homme pour dissimuler ses soixante-cinq ans étaient presque attendrissants dans leur vanité. On racontait qu'il s'était fait réimplanter le dessus du crâne, tirer la peau et qu'il passait les premières heures de ses journées à manœuvrer des extenseurs.

Pierre l'imagina au bois de Boulogne, courant en petites foulées, et cela lui rappela une scène cocasse dont il avait été témoin, le dimanche précédent, alors qu'il était allé promener son chien, dans les allées avoisinant le champ de courses.

Il flânait sous les arbres, attendant que Braque

soit fatigué de courser les oiseaux lorsque, soudain, il avait vu, dans une allée voisine, déboucher un couple d'une rare beauté. Un homme et une femme d'une trentaine d'années, admirablement bâtis l'un et l'autre, blonds, bronzés, vêtus du même *training* blanc. Ils avançaient, parallèles, courant dans le soleil, coudes au corps, et le spectacle qu'ils offraient, avec leurs gestes bien huilés, parfaitement synchronisés, évoquait l'idée de l'harmonie et du bonheur. Une réclame pour la réussite conjugale par le sport et dans la joie. Un couple qu'on avait envie de garder en réserve, sur une arche, en cas de Déluge, pour assurer la sauvegarde d'une race humaine saine et joyeuse.

Soudain, l'homme avait accéléré sa foulée et pris de l'avance sur sa compagne. Celle-ci accéléra à son tour pour le rattraper. Essoufflée, elle peinait visiblement et son beau visage s'était durci.

Pierre l'entendit qui criait :

« Attends-moi ! »

L'homme avait fait un geste de la main par-dessus son épaule et continuait sur le même rythme.

La jeune femme, alors, avait explosé de rage, tout en courant.

« Tu es un salaud ! criait-elle. Tu me fais chier ! Je te déteste, tu m'entends ? J'en ai marre de courir ! Tu me baises même plus ! Tu te crois malin ? Imbécile ! Crétin ! J'en ai marre de toi ! »

Tout en vociférant, elle avait rattrapé son compagnon et, saisissant la ceinture élastique de son pantalon, elle s'y était cramponnée pour le ralentir ou pour se faire traîner.

Adieu l'harmonie et le petit trot joyeux dans le matin de printemps. L'autre, furieux, avait voulu lui faire lâcher prise et, d'une bourrade, l'avait envoyée les quatre fers en l'air dans les orties qui bordaient le chemin.

Pierre s'était dissimulé derrière un arbre et avait assisté, hilare, à la bagarre hystérique de ces deux beaux sportifs dont l'accord, quelques minutes plus tôt, l'avait presque rendu jaloux.

« Vous souriez, dit le ministre... Vous êtes sceptique sur l'hypothèse de cette prospective?

– Pas du tout, monsieur le Ministre, je vous suis. »

Ce qui fit rebondir l'autre dans une longue digression filandreuse. Il était visible qu'il prenait un plaisir extrême à l'enflure des mots qui sortaient de sa bouche. Oubliant son interlocuteur, M. le ministre jactait pour un public invisible. Il soulevait une salle en rêve, s'agitait, faisait des effets devant des micros imaginaires.

« ... car le respect de la démocratie et, je dirais même plus, le simple bon sens, s'opposent à ce que nous cédions sur un point d'une pareille importance. Certes, les circonstances ne sont pas favorables à un durcissement excessif... »

« C'est décidément un con », se dit Fauquembergue et toute son attention se reporta momentanément sur le chant voluptueux, infatigable, de l'oiseau détraqué qui prenait le jour pour la nuit et le jardin du ministère de l'Industrie pour le paradis.

« De toute manière, dit le ministre, nous attendrons le conseil de lundi pour prendre une décision. Moi, je file dès ce soir en Lozère et je voudrais... »

Un coup frappé à la porte l'interrompit. Une jeune femme brune se tenait sur le seuil.

« Monsieur, dit-elle, j'ai, dans mon bureau, une journaliste de *Liberté*... »

Le ministre eut un geste agacé.

« Qu'est-ce que vous voulez que ça me fasse ? Je vous avais dit : personne, aujourd'hui !

– C'est au sujet de Super-Phoenix, monsieur le Ministre. Elle voudrait une déclaration...

– Encore ! explosa-t-il. Mais qu'est-ce qu'ils ont tous avec ce surrégénérateur ! Vous avez vu ces manifestations à Grenoble ? dit-il en se tournant vers Fauquembergue... Et on entre ici comme dans un moulin !

– C'est pour *Liberté,* insista l'attachée de presse.

– Je m'en fous, dit le ministre. Je ne suis pas là. Débrouillez-vous avec elle. C'est qui, d'abord ?

– Elle s'appelle Véréna Wäber, dit la jeune femme en lisant ce nom sur un papier qu'elle tenait à la main.

– Connais pas ! Racontez-lui ce que vous voulez. Débarrassez-moi de cette corvée, s'il vous plaît...

– Mais, monsieur, insista encore la jeune

femme d'une voix douce, le journal veut une déclaration *officielle*...

– Je vous dis non, Marie-Alice! Dites-lui que nous allons faire une conférence de presse... la semaine prochaine. Nous verrons ça. Je ne vais tout de même pas les recevoir les uns après les autres! Faites-lui un dossier de documentation sur le surrégénérateur. Dites-lui qu'elle me soumette des questions par écrit. J'y répondrai... Ou bien, envoyez-la à Machin, à l'EDF. Oui, c'est ça. Qu'ils prennent leurs responsabilités, après tout. Allez, mon petit. »

La haute porte se referma sur Marie-Alice.

« On ne peut pas dire que ces salauds de journalistes nous aident, dit-il à Fauquembergue. Vous avez lu la presse, ce matin? N'importe qui raconte n'importe quoi. »

Fauquembergue se leva, profitant de la diversion pour prendre congé. Il traversa l'antichambre, gagna le couloir et, en passant, il jeta un coup d'œil par la porte ouverte du service de presse. Marie-Alice était en train de rassembler les feuillets d'un dossier de documentation. Près de la table, une jeune femme blonde attendait, debout, l'air boudeur.

Fauquembergue s'éloigna, avec le sentiment confus d'abandonner derrière soi quelque chose d'une importance capitale.

Alors qu'en sortant de chez le ministre il avait le ferme propos de regagner son bureau pour se plonger dans le rapport sur l'implantation américaine en Algérie, il eut soudain l'impression, dans le couloir, qu'il marchait à l'aveuglette et que ses pas ne le menaient nulle part.

Cet égarement n'était pas sans rapport avec la jeune femme entrevue dans le bureau de presse. Son visage l'avait frappé et, curieusement, il associa cette vision fugitive au chant de ce rossignol qu'il avait entendu dans le parc, quelques instants auparavant. L'un et l'autre étaient insolites. Ni la jeune femme ni l'oiseau n'étaient à leur place à cette heure, en cet endroit.

Il eut envie de rebrousser chemin et de trouver un prétexte pour rentrer dans le bureau où elle devait être encore, afin de revoir ce visage qui l'avait arrêté au passage, ce visage inconnu qu'il lui semblait pourtant reconnaître.

Mais quel prétexte ? Il n'était pas assez intime avec Marie-Alice Broteau pour ainsi pénétrer, sans raison, dans son bureau.

Il en était là de ses réflexions lorsqu'il entendit, derrière lui, un bruit de pas. La jeune femme, son dossier dans les bras, avançait dans le couloir en direction de la sortie.

Fauquembergue, aussitôt, feignit de s'absorber dans la lecture d'un tableau d'affichage. Il ne s'en détourna qu'au moment où, arrivant à sa hauteur, elle le dépassa. La ressemblance qui l'avait arrêté tout à l'heure se précisa : ce nez volontaire, cette bouche charnue et dédaigneuse à la fois, ces cheveux noués sur la nuque, l'implantation altière du cou dans le décolleté rond de la robe bleue, c'était là l'image vivante d'un buste qui avait hanté son adolescence, celui de la comtesse Clémentine Curial, que Stendhal avait aimée à la folie et qu'il appelait Menti.

Délaissant alors l'implantation américaine en Algérie, Pierre Fauquembergue emboîta le pas à la silhouette ressuscitée d'une jeune femme du XIXe siècle et dont l'image, arrachée dans un livre, avait été l'unique ornement de sa chambre d'étudiant. De cette vilaine reproduction en noir et blanc il connaissait à présent les couleurs : elle était blonde et bleue.

Derrière elle, il traversa la cour de l'hôtel Conti et franchit le portail de la rue de Grenelle. Elle avait tourné à gauche et s'était arrêtée près d'une petite voiture en stationnement. Il ne put s'empêcher de sourire quand il la vit arracher de dessous l'essuie-glace une contravention, la déchirer d'un geste rageur et en éparpiller les morceaux sur le trottoir. C'était bien là un geste de l'impatiente comtesse Menti.

Il arriva à sa hauteur au moment où elle venait d'ouvrir la portière.

« Vous n'auriez pas dû la déchirer, dit-il, parce que vous n'allez pas partir tout de suite... »

Véréna se retourna brusquement, exaspérée, prête, visiblement, à affronter une nouvelle contrariété.

Mais l'homme qui était là n'était pas un flic que son geste aurait provoqué. C'était un homme assez grand, fort, avec d'épais cheveux noirs légèrement grisonnants, des yeux sombres, une espèce de gitan habillé en « monsieur ». Il n'avait pas l'air menaçant. Au contraire, il souriait, un pouce accroché à la poche de son gilet.

« Et pourquoi ? dit Véréna. Pourquoi je ne partirais pas tout de suite ?

– Parce que, répondit-il, le surrégénérateur, c'est moi. »

Véréna le regarda, abasourdie.

« Mais... comment savez-vous ?

– J'étais dans le bureau du ministre quand on vous a annoncée, dit-il. C'est très bien qu'il ne vous ait pas reçue. Il n'y connaît rien. Venez. »

Et, sans façon, il la prit par le bras et lui fit traverser la rue de Grenelle, en direction du café de la Poste.

« Si vous avez quelques instants, je vais vous expliquer à quoi sert le surrégénérateur. »

Et Véréna se retrouva assise en face de cet inconnu qui, déjà, appelait le garçon.

« Je crois qu'il est l'heure de boire un peu de champagne bien frais, dit-il. C'est désaltérant, léger et excellent pour la bonne humeur. Qu'en pensez-vous, ma chère Clémentine ?

– Je ne m'appelle pas Clémentine, dit Véréna. Je m'appelle Véréna. Véréna Wäber.

– Eh bien, Véréna Wäber, vous devriez vous appeler Clémentine, je vous expliquerai pourquoi, plus tard. Maintenant, buvons à votre santé. Je m'appelle, moi, Pierre Fauquembergue et je travaille là, dit-il en pointant l'index en direction du ministère. Je suis un conseiller du... personnage que vous alliez voir. »

Etourdie, Véréna renonça à comprendre comment, après s'être fait éconduire, elle se retrouvait en train de boire du champagne, à cinq heures de l'après-midi, dans un café de la Poste, avec un conseiller gitan qui lui était tombé de la lune.

Il s'était accoudé sur la table en face d'elle et la considérait avec un amusement visible.

« Bon, dit-il. Ainsi, mademoiselle, vous avez à traiter du surrégénérateur de Creys-Malville qui répond au nom pompeux de Super-Phoenix...

– Oui, dit Véréna. Pourquoi riez-vous ?

– Ne me le reprochez pas. Dans mon métier, on ne rit guère, je vous assure !... Et, que voulez-vous savoir sur cette noble entreprise ?

– D'abord, ce que c'est, dit Véréna. Je ne sais rien. Je n'y connais rien. J'ai un rédacteur en chef pourri qui m'a donné cette corvée par pure méchanceté... Si, la seule chose que je sais, c'est que votre Super-Phoenix est une invention diabolique, une espèce de bombe en sommeil qui peut péter d'un moment à l'autre et qui, en attendant, va cracher toutes sortes d'horreurs dans les environs.

– Bravo ! fit Fauquembergue. C'est tout ?

– C'est tout, dit Véréna.

– Bien. Alors prenez, s'il vous plaît, un crayon et un papier.

– Est-ce que je peux citer votre nom ?

demanda Véréna, on m'a demandé une déclaration officielle. »

Le Gitan eut un sourire rapide.

« Non, dit-il. Je ne suis pas officiel. Vous demanderez au ministre. Je veux simplement vous donner quelques indications qui vous permettront d'y voir plus clair. Pour l'instant, ma chère Clémentine, vous répétez comme un perroquet ce que...

– Pas Clémentine, dit Véréna. Vé-ré-na !

– C'est un nom singulier, dit Fauquembergue. D'où vient-il ?

– D'une Lettonne qui a traversé la Pologne à pied, pour échapper aux bolcheviques.

– Tiens, tiens... Donc, ma chère Véréna, vous n'êtes pas sans savoir que nos ressources d'uranium risquent d'être épuisées vers l'an 2020. Dès maintenant, nous nous approvisionnons à 95 p.100 au Niger et au Gabon. Et nous envisageons même d'aller faire notre marché énergétique en Afrique du Sud et en Australie. Compte tenu de la faiblesse de nos ressources naturelles et si nous voulons une indépendance énergétique... »

VÉRÉNA devait rendre son papier le mardi qui suivait la Pentecôte. Grâce à Pierre Fauquembergue, elle avait obtenu la déclaration officielle qu'on lui avait demandée. Il lui avait aussi simplifié la tâche en lui indiquant les deux ou trois personnes à voir pour que son article soit sérieusement étayé.

Finalement, ce qui lui était apparu, tout d'abord, comme une difficulté insurmontable avait été assez facile et, en y réfléchissant, elle trouvait cela miraculeux.

A dire vrai, cela ne l'étonnait qu'à moitié. Véréna, toujours, avait cru aux miracles. Une superstition solide qui prenait ses sources dans l'éducation catholique de Strasbourg, jointe à l'entêtement naturel du Bélier qu'elle était, l'avait persuadée à jamais qu'aucune porte ne pouvait rester fermée quand on la voulait ouvrir ni aucun obstacle barrer longtemps un chemin, quand on désirait la voie libre. Une sorte de foi de charbonnière dont la naïveté brutale, passionnée, demeurait rarement sans effet positif. Ce que d'autres appellent la chance et qui n'est, c'est évident, qu'une volonté obstinée et constante de forcer le destin.

S'il y avait des bavures, des échecs, c'était le résultat d'une désespérance coupable, d'un instant de doute, d'un fléchissement désastreux de la foi. Même la mort passait par cette loi et frappait ceux que le découragement de vivre saisissait. Ceux que respirer embêtait. Cela attirait immédiatement vers eux les microbes et les assassins. L'ennui de vivre d'un seul voyageur était susceptible de faire tomber son avion, dérailler son train, submerger son bateau. Le triangle des Bermudes était une fosse commune qui attirait les marins tristes. Bref, la mort sous toutes ses formes les plus inattendues, les plus accidentelles n'était qu'un suicide.

Véréna avait pris l'habitude des miracles à douze ans. A la veille d'une composition de géographie de fin d'année, alors qu'elle était censée avoir appris « le monde moins l'Europe », ce qu'elle avait négligé de faire, Véréna avait décidé de s'adresser à Thérèse de Lisieux, pour arranger ses affaires en dernière minute.

La jeune carmélite normande était sa sainte préférée. A huit ans, lors d'une crise de mysticisme forcenée, Véréna avait découvert l'histoire de cette jeune fille volontaire et passionnée qui, comme elle, avait été une enfant insupportable. Véréna s'était donc juré d'entrer au Carmel où des extases inouïes l'attendaient. Déjà, elle croyait voir une sorte de halo lumineux au-dessus de sa tête, lorsqu'elle se regardait attentivement dans une glace, ce qui était un bon signe. Sa vie ne serait qu'une pluie de roses. Cette grande sœur pâle lui montrait le chemin.

C'est pourquoi, la veille de la composition, Véréna, tout naturellement, avait fait appel à elle. Le temps lui manquait pour apprendre tout le programme mais elle pouvait au moins faire l'effort d'apprendre un pays.

Elle avait donc posé son doigt, au hasard, sur une ligne de la table des matières et ce doigt avait désigné l'Inde. Jusqu'à une heure fort avancée de la nuit, elle avait donc appris l'Inde par cœur, villes principales, fleuves, montagnes, moussons, forêts et rizières, pêches et temples. Au matin, elle aurait rendu des points à Kipling.

Les sujets d'interrogation étaient tirés au sort. Véréna avait tremblé un peu en pêchant son petit papier dans la boîte, en le dépliant, tremblement dont elle avait demandé pardon immédiatement, avant même d'avoir lu ce qui était écrit sur le papier : INDE.

Evidemment, elle avait eu dix-neuf sur vingt et on l'avait félicitée publiquement, la donnant en exemple de conscience scolaire. Mais cela importait moins à Véréna que la découverte de cette fantastique complicité avec l'au-delà, de cette roseraie en suspens dont elle avait trouvé l'accès et qui l'autorisait même à braver la morale.

L'amitié de Thérèse, depuis, ne s'était pas

démentie. Elle perturbait les horaires des avions et des trains pour compenser les retards d'une Véréna qui ne se donnait même plus la peine de courir. Trois fois sur cinq, elle séchait les crayons à bille des contractuelles qui rôdaient, malfaisantes, autour de sa voiture. Quand Véréna rentrait tard, les violeurs de rencontre devenaient impuissants et les voleurs paresseux. Elle avait réduit une fièvre typhoïde d'Arthur en crise d'urticaire. Le feu s'était déclaré à la perception de Montparnasse, détruisant tous les dossiers du quartier, l'année où, justement, Véréna n'avait pas pu payer ses impôts à temps. Alors qu'il méditait de mettre Véréna sur une liste de charrette, l'affreux Varanger s'était fait jeter à bas par un cheval et avait été immobilisé pendant plus d'un mois.

Les carmélites mortes en odeur de sainteté ont même l'esprit beaucoup plus large qu'on ne l'imagine. Thérèse, pour sa part, ne reculait devant rien. Par exemple, elle annulait les effets désastreux des oublis de contraception : la flamme d'un cierge allumé le soir à ses pieds faisait revenir les règles au matin. Un jour, même, Véréna l'avait suppliée de faire quelque chose pour Martine dont le mari avait décidément choisi de préférer les bouteilles à la bagatelle. Véréna était allée allumer un cierge à cinq francs, devant la Thérèse de Notre-Dame-des-Champs : « Je vous en prie, faites qu'il la saute un peu ! » Le lendemain, Martine, pour une fois, était arrivée en chantonnant, au journal.

« Tu ne sais pas ce qui m'est arrivé ?

– Si, avait répondu Véréna. Je sais. »

Ainsi, l'apparition de Pierre Fauquembergue dans la rue de Grenelle et son aide inespérée devaient encore être une grâce de Thérèse qui lui avait dépêché cette espèce d'ange brun pour la tirer d'affaire. A part cette fantaisie de l'appeler Clémentine, il s'était contenté de remplir sa mission d'envoyé spécial de l'au-delà. Au bout d'une demi-heure, il avait regardé sa montre, appelé le garçon pour payer l'addition et pris congé d'elle aussi rapidement qu'il s'était présenté. Il avait, à l'entendre, un rendez-vous important. Il avait seulement ajouté, avant de disparaître :

« Si vous avez besoin d'un autre renseignement, vous pouvez m'appeler à mon bureau. »

Elle n'avait pas eu besoin d'autres renseignements, tant l'exposé qu'il lui avait fait était clair et précis. Véréna Wäber avait même oublié Pierre Fauquembergue, jusqu'à ce que son téléphone sonne, chez elle, le samedi matin.

Une voix grave, un peu précipitée, impatiente même avait demandé si Mlle Wäber se portait bien et si son article était terminé. Pierre Fauquembergue à l'appareil. Avait-elle joint les gens qu'il lui avait recommandé de voir à l'EDF ? Bien. Tout de même, il aimerait jeter un coup d'œil sur son article avant qu'elle ne le donne à son journal. Ah ? Elle devait porter l'article mardi et on était samedi ? Il n'y avait pas de temps à perdre. Voyons, voyons... comment faire ? Serait-elle, par hasard, libre pour dîner le soir même ? Il l'était, ayant renoncé à partir pour la campagne, un travail urgent à finir. Parfait. Pouvait-elle se trouver à vingt heures trente, voyons... disons chez Lucas Carton... Elle ne connaissait pas ? Un bistrot tranquille à côté de la Madeleine... Une table serait retenue à son nom. Il se réjouissait de ce dîner. A tout à l'heure.

Vérena, qui avait toujours détesté la campagne, aimait à la folie le Paris désert des longs week-ends d'été, quand les boulevards sans voitures prennent des airs de plages à marée basse. Quand des chats baguenaudeurs s'étirent au milieu des rues et que toutes sortes de bruits exquis, inaudibles dans le tintamarre de la semaine, sont à nouveau perceptibles. Elle aimait entendre les cloches se répondre d'une église à l'autre, les chants d'oiseaux invisibles dans le feuillage épais des marronniers et même, par les fenêtres ouvertes des vieux immeubles, ces fragments de valses de Chopin que des pianistes malhabiles s'obstinent à déchiffrer.

Il y avait aussi les odeurs apaisantes de la ville abandonnée, celle de l'asphalte et de la pierre au soleil à laquelle se mêlaient l'haleine parfumée au champignon et à l'encens des soupiraux, les effluves désuets et troublants d'un tilleul en fleur ou d'un seringa d'un autre siècle oublié dans le jardin en friche d'un hôtel égaré entre deux résidences bétonneuses.

Les week-ends à Paris étaient, pour elle, des fêtes. Elle se levait tard et partait à bicyclette se perdre dans des quartiers inconnus. Elle coupait au plus court par les sens interdits, roulait sur les trottoirs, les contre-allées, découvrait, par l'effort nécessaire pour les gravir, des collines imperceptibles pour les automobiles. Elle trouvait des jardins, des églises, des villages dans la ville et revenait au crépuscule, quand la lueur blafarde des écrans de télévision rappelait à la loge les concierges.

Elle s'était réjouie de ce long week-end de Pentecôte. Arthur était avec son père à Deauville, et Matthias, elle ne savait où, dans les bras d'une riche Libanaise dont le mari, souvent absent, avait fait fortune dans le recyclage des pétrodollars.

Ces trois jours de solitude, de travail et de flânerie, sans horaire, sans contrainte d'aucune sorte lui apparaissaient comme un cadeau. C'est pourquoi l'invitation à dîner de Pierre Fauquembergue, ce samedi de Pentecôte, l'avait contrariée. Elle allait être obligée de s'habiller, de faire un effort pour être exacte.

Elle voulut le rappeler pour annuler ce rendez-vous, trouver un prétexte. Mais le rappeler où ? Le ministère était fermé et le *Who's who,* s'il indiquait son adresse personnelle, ne mentionnait pas son téléphone. Et, dans l'annuaire par rues, au 20 de la rue de Longchamp, il n'y avait pas de Fauquembergue.

Evidemment, elle pouvait tout simplement ne pas se rendre au dîner. Mais il l'appellerait sûrement, s'étonnerait. D'autre part, il avait été aimable avec elle, il l'avait aidée et se proposait encore de relire son article. Elle ne pouvait pas lui poser ce grossier lapin.

En réalité, Véréna était intimidée par ce Pierre Fauquembergue. Par son âge, d'abord, qui l'assimilait, dans son esprit, aux grandes personnes, presque aux parents. C'était un monsieur et elle ne connaissait que des garçons. A part des rapports strictement professionnels qu'elle avait avec des hommes du journal, cette fille élevée sans père ne connaissait pas de quinquagénaire.

S'il avait eu vingt-cinq ou trente ans, elle aurait été plus à son aise, plus désinvolte à l'idée de dîner avec cet inconnu. Ils auraient trouvé des terrains d'entente immédiats, des références communes.

De quoi allaient-ils parler? Bien sûr, il y aurait le surrégénérateur et son article mais un dîner ne dure pas moins d'une heure et elle ne pouvait pas le larguer comme ça, brutalement, le souper dans le bec. Quelle conversation pouvait-elle avoir avec ce père de famille dont les enfants avaient peut-être son âge à elle, avec cet inspecteur des Finances, ce commissaire à l'Energie atomique, avec l'auteur de *Prospectives industrielles du tiers monde* ? Avec ce membre distingué du *Maxim's Business Club* ?

Il lui apparaissait comme un être venu d'une autre planète, une espèce de Martien dont elle ne connaissait ni la vie ni les mœurs. Elle savait ce qu'était un étudiant, un musicien, un poète. Parmi les quelques amants qu'elle avait eus depuis le départ de Tony, elle avait connu un jeune médecin qui, déjà, tranchait sur son environnement de joyeux saltimbanques.

Ce qu'on appelait « les hommes politiques » était pour elle situé à des années-lumière. On les voyait, photographiés dans les journaux ou s'agitant à la télévision mais ils n'avaient pas de réalité humaine, quotidienne. Des êtres fonctionnels qui habitaient des bureaux dans des édifices où flottaient des drapeaux. Parfois, on devinait leur visage, au passage, dans des convois officiels fonçant à travers Paris, encadrés de motards impérieux qui ouvraient la route à coups de sifflets. Ils avaient un savoir confondant, chiffré, truffé d'événements et de statistiques. Mais on ne les imaginait guère en proie à des sentiments simples, à des émotions, et les images de leurs vies privées, qui apparaissaient parfois dans les magazines, surprenaient alors qu'elles étaient faites, au contraire, pour rassurer. « Voyez, ils jouent avec leurs enfants, ils nagent, ils taillent leurs rosiers, comme nous. »

Sûrement, il la ressentirait comme une étrangère, lui aussi. Sûrement, il la trouverait inintéressante. Il chercherait ses mots pour lui parler. Il allait s'ennuyer. Triste soirée.

Pas un seul instant, l'idée ne l'effleura que Fauquembergue avait envie de dîner avec elle, simplement parce qu'il la trouvait charmante, parce qu'il était un homme sensible à la beauté d'une femme. Parce qu'il n'avait éveillé en elle aucun trouble, elle n'imaginait pas que le contraire pût se produire. Et elle n'avait pas, vis-à-vis des hommes, la mentalité utilitaire de Gaétane, prête à tout concéder d'elle-même, à n'importe qui, à la seule condition d'en retirer un avantage précis.

Pourtant, tandis que passaient les heures qui la séparaient de son rendez-vous, une excitation inexplicable s'empara de Véréna. Une allégresse nerveuse, semblable à celle qui précède un départ en vacances quand on est petit ou un voyage lointain et longtemps désiré.

Elle qui, le matin même, s'apprêtait à passer trois jours dans un négligé reposant, sans se soucier ni de ses vêtements, ni de son aspect physique en général, un peu comme un homme solitaire qui se réjouit de ne pas avoir à se raser le dimanche, Véréna, subitement et peut-être pour la première fois de sa vie, fut prise d'une frénésie de beauté, de polissage, de perfection de soi et de renouveau.

Les vêtements rangés dans son armoire lui semblèrent laids, usés. Ses chaussures importables. Il y avait longtemps qu'elle ne s'était rien acheté pour elle-même. Pas seulement par souci d'économie mais parce qu'elle n'en avait pas éprouvé l'envie.

Les boutiques étaient ouvertes tout l'après-midi, heureusement, et c'était le début du mois. Elle oublia de déjeuner et fila vers les vitrines de Saint-Germain-des-Prés. Pendant plus d'une heure, elle arpenta la rue de Sèvres, la rue du Dragon et la rue des Saints-Pères, examinant fébrilement des rangées de robes de toutes les formes et de toutes les couleurs, plongeant ses doigts dans les cotonnades, les mousselines, les chantoungs, l'œil ébloui par les pois, les rayures, les imprimés. Elle en essaya dix, vingt, désespérant de trouver enfin celle qu'elle cherchait sans idée précise mais dont elle tomberait amoureuse sur-le-champ. Elle avait chaud. Elle tournait sur elle-même devant les glaces à trois faces, exaspérée par les conseils niais des vendeuses qui l'assuraient que cela lui allait à ravir, que c'était un modèle qui avait un succès fou, que c'était le dernier dans sa taille et qu'elle avait intérêt à se décider vite.

Mais Véréna, exigeante, rejetait les robes les unes après les autres. Celle-là était vulgaire. Celle-ci la déguisait en dame. Cette troisième était d'un bon ton désespérant.

Elle s'assit à la terrasse d'un bistrot et commanda un café. Pourquoi tous ses efforts ? Etait-ce pour ce type qu'elle voulait ainsi se mettre en frais ? Mais pourquoi ? Après tout, elle irait dîner avec lui, telle qu'elle était, avec ses cheveux ramassés dans un élastique et son vieil imperméable. Bien fait. Ça lui apprendrait à l'avoir invitée. Il n'était sûrement pas en train, lui, de courir s'acheter des chemises et des chaussettes neuves, sous prétexte qu'il allait la voir. Elle se conduisait comme une bonne femme ridicule, voilà. Une petite-bourgeoise sans imagination qui essayait de compenser par des frusques son manque de confiance en soi.

Le café lui fit du bien. Elle repartit. L'envie de beauté était revenue. Elle se dit que ce n'était pas pour lui mais pour elle. Comme ça, parce qu'il faisait beau, parce qu'elle avait trente-deux ans.

Enfin, rue du Cherche-Midi, elle trouva une robe qui ne disait pas grand-chose sur son portemanteau mais qui devint une merveille dès qu'elle l'eut enfilée. Une chose légère, aérienne, un crêpe de Chine impalpable, imprimé de minuscules roses pâles sur un fond bleu sombre. Une pluie de roses dans la nuit. Merci, Thérèse! Et la robe s'ajusta sur son corps comme si elle y avait été cousue, comme si elle attendait Véréna et pas une autre. La soie fine l'enveloppa immédiatement d'une caresse tiède, troublante sur sa peau nue.

Véréna ne se reconnaissait pas dans la glace. Une jeune femme vraiment très jolie lui souriait. Des manches légères, ouvertes, voletaient autour de ses coudes et le décolleté faussement innocent plongeait très bas entre ses seins. Elle décida qu'elle la porterait sans soutien-gorge.

La robe était très chère. Beaucoup plus chère

qu'aucun vêtement qu'elle ait acheté dans sa vie. Une folie qui allait absorber au moins le tiers de ce qu'elle avait, par mois, pour vivre mais tant pis. Elle rédigea le chèque avec l'indifférence d'une femme dont le mari alimente grassement le compte en banque. Dans le sac en papier, la robe ne pesait pas plus qu'un souffle.

Un peu plus loin, au coin d'une rue, vertige. Une vitrine de chausseur italien. Et là, au milieu du velours gris, que voit-elle ? Des sandales aériennes, légères, d'un dessin parfait. Elles doivent laisser le pied presque nu, s'y fixant par un soupçon de cuir rose foncé à la base des orteils et de fines lanières croisées sur la cheville. Les plus immatérielles et les plus chères de toute la vitrine. Tant pis. Nous mourrons peut-être demain. Mourons en sandales roses. Elle entre dans la boutique. Une vendeuse agenouillée ajuste les sandales à ses pieds minces et la prie de faire quelques pas. Malgré le talon assez haut, la cambrure est parfaite et le cuir si souple qu'elle a l'impression de se déplacer sur la pointe de ses pieds nus. En chantonnant, elle signe un autre chèque.

De plus en plus joyeuse, elle achète encore une pochette de cuir souple qui s'accroche à l'épaule par une tresse fine. Une envie chasse l'autre. Elle monte dans un taxi et se fait conduire rue Royale où elle sait trouver, et là seulement, un certain parfum au santal. Puis, elle se fait reconduire chez elle et s'effondre, ses paquets dans les bras. Il est cinq heures du soir.

Un bain. Prendre un bain très chaud. Musique. *Kindertotenlieder.* L'eau du bain et la voix bouleversante de Kathleen Ferrier. Personne n'a jamais prononcé l'allemand comme cette Anglaise morte... *wenn dein Mütterlein...* tu étais si belle à Munich ! Aide-moi ! Help ! May Day ! May Day ! May Day ! Je coule sous l'eau dans un bain de star de cinéma, la fourrure blanche de la mousse autour des épaules... Mütterlein, je ne suis pas née, je flotte dans ton ventre chaud, je m'y retourne, je joue avec mes pieds. Cette saleté de savon a encore disparu sous la mousse ! Ah ! le voilà qui glisse partout, « avec complaisance ». Chapitre de la pureté, confession : « Vous êtes-vous lavée *avec complaisance ?* » Je ne savais pas ce que ça voulait dire, avant d'avoir rencontré ces gourdes de dominicaines. Pas si gourdes que ça puisqu'elles m'ont appris la volupté de se laver *avec complaisance.* Savon, ici !

Et maintenant, les cheveux, les doigts dans la mousse. Pas respirer, nageuse en plongée, fermez les yeux. L'eau de la douche fait retomber les mèches en algues blondes. Rasoir, s'il vous plaît. Attention ! Pas couper ! Léger, léger sur les aisselles et les jambes. Ça y est ! Coupée !... Et Kathleen qui gémit, là-bas... *Oft denk'ich, sie sind nur ausgegangen !...* Un Mahler n'arrive jamais seul... Pierre ponce pilate de lave, de volcan Fauquembergue, pour avoir les talons polis et les coudes lisses. Et la brosse de soie au long manche qui fait frémir la peau de mon cou à mes pieds. Stop, s'il vous plaît, ou nous allons éternuer de plaisir. La singesse Chita a froid. Elle va ouvrir le robinet d'eau chaude avec son pied droit pour réchauffer le bain. Voi-là. Et maintenant, courage pour la douche froide qui fait froncer et durcir le bout des seins.

Esclave, mon peignoir! Bien. Et le gant de crin, pas trop fort. Et maintenant, de l'huile jusqu'à ce que tout ça devienne d'une douceur de prune.

Le moteur du séchoir a couvert la voix de l'Anglaise. Les cheveux de Véréna volent, électriques. Un nuage à mater. A présent, du santal comme s'il en pleuvait. Qui donc l'avait appelée, un jour, Marie-Santal? La pluie de santal s'abat au creux des genoux, à la saignée des coudes, dans la vallée des seins, dans les cheveux volants et sur le boqueteau blond entre les jambes. Aïe! Quelle bêtise! C'est la mise à feu, l'incendie malencontreux qu'il va falloir éteindre avec un jet d'eau froide.

Puis, Véréna, étourdie par l'eau et la vapeur, va s'étendre sur son lit et s'endort.

Elle se réveilla deux heures plus tard, dans le roussi d'un soleil couchant qu'elle prit pour celui du matin. Décidément, cette journée était bien singulière.

Il était huit heures à sa montre et elle avait rendez-vous à l'autre bout de Paris. Plus de fatigue, à présent. Elle se sentait fraîche et joyeuse. Le dîner avec le Gitan ne lui faisait plus peur.

Vite, laver les dents, sauter dans le crêpe de

Chine, enfiler sandales, brosser cheveux, khôl bleu entre les cils et appeler taxi par téléphone.

Il y avait de la fête dans l'air, à Montparnasse. La terrasse du Select était pleine à craquer. Des guitaristes américains chantaient sur le trottoir. Près de la Coupole illuminée, un homme, torse nu, crachait du feu, au milieu d'un cercle de Viennois qui venaient de débarquer d'un car.

Le chauffeur du taxi avait baissé sa glace de portière et un vent velouté faisait voler les cheveux de Véréna. A la radio de bord, Michel Sardou suppliait un navire de guerre de venir le couler, le cul tourné vers Saint-Nazaire.

HUIT heures vingt. Elle n'allait tout de même pas arriver la première dans ce restaurant où elle n'avait jamais mis les pieds pour attendre un homme qu'elle connaissait si peu. Elle se fit déposer au début de la rue Royale. Elle irait à pied jusqu'à la Madeleine pour user les minutes de son avance.

Elle le vit, de loin, qui traversait le boulevard Malesherbes, en diagonale, à grands pas, les mains dans les poches de son pantalon, appliqué à esquiver les voitures entre lesquelles il se faufilait. La coïncidence de leurs arrivées l'amusa.

Fauquembergue eut l'air surpris de la voir si tôt devant lui mais le regard dont il l'enveloppa fit comprendre à Véréna qu'elle avait bien fait de se ruiner pour deux cents grammes de crêpe de Chine.

Le « bistrot », comme il avait dit, lui apparut comme un décor de théâtre. Des bruns, des rouges sombres, des miroirs au tain embellissant, des lampes voilées, de l'argenterie et des cristaux étincelants, des banquettes profondes, veloutées dont on ne devait se relever qu'à regret.

Le maître d'hôtel s'empressa à la vue de Fauquembergue. En arrivant à la table qu'il avait retenue, celui-ci fit la grimace. Il demanda à en changer pour éviter la promiscuité bruyante d'un Sud-Américain à perruque qui expliquait en glapissant les avatars d'on ne sait quel consulat. On s'empressa à satisfaire M. Fauquembergue. Le 3 serait plus tranquille. Et on lui envoyait tout de suite Monique pour les cigarettes. Fauquembergue était, ici, un familier.

En parcourant le menu, Véréna ressentit qu'elle n'avait presque rien mangé depuis la veille et ce qu'elle lisait la mettait au bord d'un évanouissement de convoitise. C'était presque le jeu des gourmandises par lequel, naguère, elle troublait Matthias. Elle avait envie de tout.

En face d'elle, Fauquembergue avait chaussé des lunettes pour lire le menu et il les avait posées drôlement au bout de son nez avec cette coquetterie des hommes dont la vue baisse et qui usent de cette prothèse nécessaire d'une manière cocasse pour bien indiquer qu'ils pourraient, s'ils le voulaient, s'en passer.

Il reposa brusquement son menu.

« Ah ! dit-il d'un air affairé, avant toute chose, il faut que je vous dise... vous n'êtes pas la journaliste la plus laide que j'aie vue... ensuite, il y a, ici, des cassolettes d'écrevisses tout à fait remarquables. Qu'en dites-vous ?

– Choisissez pour moi », dit Véréna, amusée par cette précipitation qui annonçait, peut-être bien, chez lui aussi, une timidité.

Il y a toujours de la magie dans un repas partagé, et l'étourdie qui propose : « Choisissez pour moi » n'imagine pas ce à quoi elle s'engage. C'est la confiance aveugle, l'abandon, la herse baissée. Ce qui est bon pour vous sera bon pour moi. Je vous permets de m'emporter où bon vous semblera.

Pour elle, pour eux, Pierre Fauquembergue avait donc choisi, pour accompagner les écrevisses, un vin pâle de Bourgogne, sec et fin, à saveur d'amande. Et, quand Véréna trempa ses lèvres dans ce vin, il lui sembla que c'était là le premier qu'elle buvait de sa vie. Sa fraîcheur initiale dégénérait vite en incendie. Elle regarda l'homme qui le lui avait appris et lui sourit. Il n'y était pas non plus insensible. Le Puligny-Montrachet délia leurs langues, alluma des feux grégeois qu'ils se renvoyèrent l'un à l'autre, étonnés de cette gourmandise commune, de ce plaisir qu'ils partageaient sans préambule et qui, soudainement, les rendait aussi bavards qu'ils avaient été réservés jusqu'alors; aussi ouverts qu'ils avaient été méfiants; aussi proches qu'ils avaient été séparés.

Les mots se déversaient de leurs lèvres, se chevauchaient, s'entrechoquaient, inlassables, comme si l'un et l'autre avaient été condamnés au silence, depuis toujours. Ils avaient tant de choses à s'apprendre, tant d'absence à combler, de saisons solitaires, d'heures perdues. Il remontait jusqu'au visage de Clémentine Curial à qui elle ressemblait tant et même jusqu'à ce pays triste du Nord où il était né, ce pays de sillons, de frontières et d'adieux, cette terre d'arrachement. Sous l'effet du vin d'opale, Véréna faisait pousser des fleurs sur les vieilles ruines de Bavière. Elle se démultipliait et lui offrait la petite fille maigre de Munich, l'adolescente sauvage de Strasbourg, la jeune femme bohème de Paris.

Mais ni Pierre ni Véréna – ils en reparlèrent longtemps après – ne prévoyaient ce qui allait suivre, ce vertige brutal, cette commotion qui résulta d'un geste apparemment sans importance.

Véréna venait de découvrir le deuxième vin de sa vie, un Romanée-Conti que Pierre avait choisi pour accompagner le canard rouennais et ce vin puissant qui sentait la violette chaude, ce vin dont la seconde bouteille venait d'apparaître sur la table l'avait mise dans un tel état de perception rapide qu'elle s'en effraya. Elle devinait, avant qu'il les prononce, les mots de Pierre. Elle savait, en même temps, qu'aucune de ses pensées les plus secrètes, les plus enfouies en elle ne lui échappait et qu'il la tenait ainsi en son pouvoir de Scorpion qui fascine, magnétise et dévore. Le conseiller du ministre, l'inspecteur des Finances étaient loin. Ce qu'elle voyait en face d'elle, dans un air mouvant comme celui qui tremble au-dessus des flammes, c'étaient le visage du Gitan, ses cheveux épais qu'elle avait envie de prendre à pleines mains, son rire qui mettait entre parenthèses une bouche qu'elle avait envie de mordre et les yeux sombres qui la défiaient : « Je le sais mais tu n'oseras pas. »

Le sommelier s'était éloigné et Pierre, une fois encore, s'apprêtait à remplir le verre vide de Véréna qui, consciente tout de même de la limite d'absorption à laquelle elle était parvenue, posa les doigts sur son verre pour signifier qu'elle en avait assez. Mais trop tard. Emporté par l'inclinaison de la bouteille, le vin coula sur ses doigts. Le breuvage magique des papes d'Avignon, celui qui guérissait Louis XIV, le philtre préféré de la Pompadour, inonda ses doigts, déborda du verre, coula sur la nappe. Et Véréna, les yeux rivés à ceux de Pierre Fauquembergue, hypnotisée par le regard de cet homme et par le vin qu'il continuait à faire couler, exprès, sur ses doigts, ne retira pas sa main.

Déjà s'étaient précipités maître d'hôtel, sommelier et garçons mais qui restèrent à l'entour, eux aussi frappés de stupeur, étonnés au sens le plus fort, par ce geste dont ils étaient témoins et qui n'était pas seulement une maladresse ou une incongruité. Quelque chose était en train de se produire à la table 3 qui les dépassait et les clouait au sol, inutiles, la serviette à la main.

Le silence s'était fait dans la salle et les dîneurs des tables voisines restaient, eux aussi, la fourchette en l'air, considérant les deux somnambules foudroyés qui se regardaient, inconscients, totalement indifférents à ce qui les entourait. L'homme avait encerclé des doigts de sa main droite le poignet de la jeune femme et tenait ainsi, en l'air, sa main rougie par le vin, comme s'il voulait lui en ôter l'usage, tandis qu'une flaque sombre s'étalait sur la nappe entre leurs coudes. Il ne s'agissait pas d'une plaisanterie car leurs visages étaient graves. A quel jeu de bras-de-fer se livraient-ils ainsi ? Etait-il menaçant ? Etait-elle blessée ? Mais ce n'était ni le jeu, ni la cruauté, ni la souffrance qui transfigurait leurs visages égarés, ravis. *Invitus, invitam,* ils étaient sourds et aveugles à tout ce qui n'était pas ce courant qui passait de l'un à l'autre en circuit fermé, cette attraction irrésistible qu'on ressent, dit-on, parfois, à la tombée du jour, sur un bateau à voiles qui cingle vers Tintagel.

L'enchantement, tout à coup, cessa. Pierre desserra ses doigts du poignet de Véréna.

« Excusez-moi », dit-il, s'adressant non pas à elle mais aux serveurs qui, rendus à la vie, s'affairaient à éponger le vin et à dissimuler la tache sous des serviettes blanches.

Comment se termina ce repas ? Ni Pierre ni Véréna n'en gardèrent le souvenir. Quand ils sortirent du restaurant, un vent d'avant l'orage faisait tourbillonner de la poussière au ras du sol tandis que des éclairs de chaleur zébraient la nuit. Un coup de vent, plus rageur que les autres, gonfla brusquement la robe de Véréna mais n'eut pas le temps de soulever complètement la soie légère que le Gitan, plus agile, avait rabattue d'une longue caresse.

« C'est moi, moi qui te déshabillerai », dit-il d'une voix brève.

Il la serrait dans ses bras, à présent, en pleine ville, en pleine lumière de ce réverbère, dans cette rue qui ne s'endormait jamais et Véréna se disait qu'elle devait être bien ivre pour avoir osé, aussi simplement, glisser ses bras sous la veste du Gitan, cherchant, humant l'odeur exaspérée de sa peau à travers sa chemise.

Elle avait presque sa taille et, collée contre lui, des seins aux cuisses, elle s'enchantait de le faire bander plus fort et plus fort encore, l'enfermant à peine entre ses jambes, le fuyant et le reprenant d'un léger, très léger mouvement de ses hanches, à travers la soie docile, la soie complice de sa robe.

Ils restèrent ainsi quelques instants, dansant, immobiles, le baiser au bout des lèvres et, soudain, d'un même geste, se déprirent, s'éloignèrent, se séparèrent.

Ils partirent à pied, longeant la Madeleine.

« Tu sais ce qui nous est arrivé, tout à l'heure, pendant le dîner? demanda-t-il.

– Oui.

– ... tu sais ce qui va nous arriver, tout à l'heure?

– Oui, dit Véréna.

– Tu en as envie, n'est-ce pas?

– Oui, dit Véréna. Autant que toi. »

Ils marchaient côte à côte mais à quelque distance, évitant même, d'un accord tacite, de se frôler le bout des doigts. Une seule fois, en traversant la rue Tronchet, Pierre posa sa main sur le bras de Véréna pour la faire passer à sa gauche et la protéger des voitures qui venaient de la droite. Véréna avait tressailli sous la main du Gitan mais elle avait aimé qu'il la retirât vite, qu'il ne profitât pas de cette rue déserte exactement comme elle avait aimé qu'il ne l'embrassât pas – pas encore! – quand, devant le restaurant, elle en avait eu cette envie furieuse.

Depuis qu'il avait versé ce vin sur ses doigts, elle aimait cette attente à laquelle, volontairement, ils se contraignaient, cette flânerie baladeuse et chaste, ce point d'orgue du plaisir que, d'un commun accord, ils posaient.

Ils tournèrent, elle le suivant, dans la rue de Castellane.

« Tu te demandes où je t'emmène, n'est-ce pas? dit-il sans la regarder.

– Nous allons faire l'amour, dit Véréna. Nous le faisons depuis tout à l'heure. Pour l'instant, nous marchons vers un lit, quelque part. Et je ne pense qu'à ça. Et tu ne penses qu'à ça.

– Bravo, dit-il. Tu as gagné. Déjà, je te déshabille dans ma tête et je te caresse...

– Tu n'imagines pas ce que je te fais dans ma tête à moi, dit Véréna. Tu ne peux pas l'imaginer...

– Dis-le, je t'en prie.

– Non, dit Véréna. Ça, je n'oserais jamais.

C'est tellement inconvenant que les réverbères en rougiraient. Et moi, donc! N'oublie pas que j'ai été élevée chez les dominicaines de Strasbourg. Voilà qui développe singulièrement l'imagination...

– Tu es encore pire que moi », dit-il d'un air admiratif.

Ils tournèrent encore une fois dans une petite rue et Véréna se demanda combien de temps le jeu du point d'orgue allait durer. Mais sa patience était à la mesure de l'envie qu'elle avait de lui.

Il s'arrêta bientôt devant un immeuble très modern style dont toutes les fenêtres étaient éteintes.

« Le lit que nous cherchons est là », dit-il.

Il appuya sur une gâche électrique et la précéda dans un hall sombre.

« Ce n'est pas fini, dit-il, je vais te faire une surprise. »

Véréna sentit qu'il dénouait l'écharpe de soie blanche qu'elle portait autour du cou. Il la lui appliqua soigneusement sur les yeux et la lui noua derrière la tête.

Une ombre d'angoisse traversa la jeune femme. « Ça y est, pensa-t-elle, je suis tombée sur un pervers! » Mais le Gitan qui lisait en elle s'efforça de la rassurer.

« C'est une surprise. Tu me fais confiance?

– Oui », souffla Véréna, prête à tout.

Cette fois, il la prit par la main et la guida dans l'obscurité, lui signalant à l'avance une marche à monter. Elle entendit qu'il ouvrait devant elle les portes battantes d'un vieil ascenseur. Il y entra avec elle, la tenant par les coudes, et elle sentit s'élever lentement le sol, tandis que cliquetait une machinerie hydraulique.

Ce devait être un très vieil ascenseur qui n'en finissait pas de grimper en frôlant les parois de sa cage, au passage. Elle sentit le souffle de Pierre sur son visage et la chaleur de sa bouche qui effleurait la sienne mais rapidement et s'éloignait.

Quand l'ascenseur s'arrêta enfin dans un léger tangage, il l'aida à sortir, lui faisant un rempart de ses bras pour qu'elle ne se cogne pas.

Puis elle entendit le bruit d'une clef tournée dans une serrure et une odeur fanée frappa ses narines. Iris et poussière mélangés. L'odeur, retrouva-t-elle dans sa mémoire, de la vieille bande de soie brodée, si fragile, qui recouvrait le clavier du piano de Martha Eschenbrenner à Strasbourg.

A présent, on la faisait marcher sur un parquet craquant puis sur un tapis épais qui étouffa ses pas. Pierre appuya légèrement sur ses épaules.

« Assieds-toi », dit-il.

Elle obéit et sentit sous ses doigts de la fourrure.

« Encore quelques minutes, dit-il. Sois patiente. »

Elle entendit gratter plusieurs allumettes. Il y eut dans l'air confiné un relent de pétrole. Enfin le Gitan dénoua son bandeau.

Véréna se trouvait dans un salon tout à fait extraordinaire, un salon du début du siècle comme il n'en existe plus que sur des gravures d'époque, encombré de meubles, de tentures drapées, de tapis, de dentelles, de bibelots et de capitons. Des nids à poussière comme disait la naine Ghislaine qui détestait tout ce qui réclamait un effort de plumeau.

Une lampe à pétrole voilée d'un tissu rose que les années avaient fait virer au gris dans les pliures éclairait la pièce avec deux autres lampes-boules placées symétriquement sur la cheminée, de chaque côté d'un bronze qui représentait un centaure enlevant une faunesse.

Cette cheminée, entièrement drapée d'un tissu broché, était surmontée d'une lourde glace en verre de Venise, surchargée de fleurs et de guirlandes. Un écran peint cachait le tablier.

Les murs étaient tendus de damas sombre, de tableaux, et les portes elles-mêmes étaient masquées d'épais rideaux à franges assortis à ceux des fenêtres, avec les mêmes embrasses brodées au petit point.

Ce qui apparaissait au premier coup d'œil comme un amalgame d'objets s'ordonnait au second. Une chaise Récamier et des bergères formaient un coin de feu. A l'autre bout de la pièce, un autre cercle de conversation rassemblait plusieurs sièges de tapisserie.

Il y avait des pots chinois, des guéridons, des tables gigognes et l'on retrouvait souvent le motif de la liane et celui de l'iris dans les bois sculptés des dossiers, des pieds et des accoudoirs.

Au-dessus d'une commode, un grand portrait d'une jeune femme jolie, évanescente dans une nuée de voiles mauves et qui portait, serrant son front, un ruban brodé de perles.

Véréna était assise au bord d'un très large sofa qui occupait tout un angle du salon. Une fourrure d'ours blanc en recouvrait une partie avec une houle de coussins de soie aux couleurs encore vives. Au-dessus, une sorte de dais de faille cramoisie dont le lambrequin frangé retombait assez bas transformait le sofa en une caverne profonde éclairée par une torchère à gaz qui diffusait une lumière nacarat.

Assis sur un pouf aux pieds de Véréna, Fauquembergue s'amusait de son étonnement.

« Où sommes-nous, dit-elle, chez toi ?

– Nous sommes chez cette dame, dit-il, et il désigna, du doigt, le portrait de la jeune femme en mauve.

– ... mon arrière-grand-tante, Anne-Marie Renansard, une demi-sœur de mon père qui, sous le nom pompeux de Clotilde de Chamarande, devint la honte de la famille et une cocotte fameuse qui mena la vie à grandes guides, au début de ce siècle. Chez mes parents, on n'en parlait qu'à voix basse et, bien entendu, jamais devant les enfants ni même devant les femmes. Il a fallu que j'aie au moins trente ans pour que mon père me révèle l'existence de cette fameuse

« rôtisseuse de balais » comme il disait, qui, montée de sa province à vingt ans, était devenue, en six mois, la coqueluche du Tout-Paris huppé de l'époque.

» Cette jeune femme ollé-ollé avait été emportée à moins de trente ans par la tuberculose, ce qui soulagea tout de même les siens. Après sa mort, on découvrit qu'elle avait accumulé un joli magot qui revint à mon arrière-grand-père ainsi que cet appartement, Clotilde n'ayant pas laissé d'enfants.

» L'argent malhonnête fut aussitôt converti en bonnes terres et pour ainsi dire purifié mais, par je ne sais quel caprice, son demi-frère voulut conserver cet appartement qui, depuis, passa de père en fils, comme une relique. L'abcès de fixation du vice dans une famille honnête. A ma connaissance, personne ne l'a plus jamais habité, depuis la mort de Clotilde. C'est une sorte de musée familial qu'on transmet aux aînés.

» Mon père l'a légué à mon frère, Jean, à sa mort en 1960. Mais mon frère qui habite Roubaix et qui n'a pas le culte des reliques me l'a échangé contre une petite ferme qui m'avait été attribuée à moi.

» Tu n'imagines pas les scènes et les discussions dont il a été l'objet. Depuis mon arrière-grand-mère jusqu'à ma propre épouse, toutes les femmes de ma famille ont insisté, à toutes les générations, pour qu'on s'en débarrasse. Comme si ce lieu de péché leur portait ombrage. Peut-être craignaient-elles aussi que leurs maris ne l'utilisent à des fins qu'elles jugeaient offensantes pour elles.

– Elles n'avaient peut-être pas tort, dit Véréna. Si je comprends bien, c'est ta garçonnière.

– Je vais te surprendre beaucoup, dit Fauquembergue : je n'ai jamais amené personne ici pour ce que tu imagines. Ma femme, par curiosité, a voulu voir cet appartement, une fois. Elle y est restée dix minutes, l'a trouvé affreux et m'a harcelé pendant vingt ans pour que je le vende. J'y viens parfois pour travailler ou pour me calmer quand je suis énervé. C'est un lieu bizarre, hors du temps. Il est resté tel que l'a laissé Clotilde de Chamarande.

– Où amènes-tu donc tes maîtresses? » demanda Véréna.

Pierre la regarda et se mit à rire.

« Femme! Curieuse! dit-il. Tu veux que je te le dise? Tu ne vas pas me croire. Je n'ai jamais eu de maîtresse. Jamais avant ce soir.

– Quel homme fidèle! s'exclama Véréna. Depuis quand es-tu marié?

– Vingt-six ans, dit-il. J'en avais vingt-quatre quand j'ai épousé ma femme. Elle était riche, pas moi. Tu ne peux pas savoir ce que j'ai travaillé pendant toutes ces années. Je ne voulais rien lui devoir. Quand aurais-je eu le temps d'avoir des maîtresses? Parfois, c'est vrai, j'ai rencontré des femmes qui m'ont troublé, comme ça, en passant. Mais pas suffisamment pour m'y arrêter. Je n'en avais pas le temps et je redoutais les complications inévitables. Tu vois, ma fidélité n'est pas fondée sur la vertu.

– Je vois, dit Véréna. Et ta femme?

– Elle m'équilibre, dit-il. Elle est nette et efficace. C'est une mère admirable et une maîtresse de maison parfaite. Sans elle, je n'aurais pas pu faire tout ce que j'ai fait. Elle me remet dans le chemin quand je divague, elle me rassure quand je suis découragé...

– En somme, c'est ta mère, dit Véréna.

– Perfide et facile! dit-il. Psychanalyse à bon marché! Et toi, qui es-tu pour qui?

– Je ne sais pas, dit Véréna. Je n'ai pas été mariée assez longtemps. Je ne sais pas bien ce que je peux être pour un homme. Je me sens floue et inefficace. J'ai un équilibre fragile et je ne pense pas que je sois rassurante... Non, je ne vois pas. D'ailleurs, je ne comprends pas grand-chose aux rapports des hommes et des femmes. Non, je ne me sentirai jamais la mère d'un homme. Peut-être sa fille ou sa sœur... Mais, dit-elle, revenant à son idée première, tu as le temps, maintenant, d'avoir une maîtresse? Qu'est-ce qui t'a pris, ce soir?

– Je ne sais pas, dit Pierre. Je n'y comprends rien. Quand je t'ai vue, l'autre jour, j'ai été bouleversé comme cela ne m'est jamais arrivé. Et, depuis, je ne me reconnais plus. J'ai menti à Anne pour la première fois de ma vie. Je devais partir pour Senlis avec ma famille, pour les trois jours de la Pentecôte. J'aime à la folie cette maison que nous avons là-bas. J'aime y retrouver mes enfants que je n'ai pas beaucoup le temps de voir, avec mes occupations. Et, pourtant, subitement, l'idée de quitter Paris m'a été insupportable. Et ce n'était pas lié à toi, au départ. J'ai inventé n'importe quoi pour rester seul, ici. Je n'étais même pas sûr que tu ne sois pas partie. Je t'ai appelée, ce matin, à tout hasard. Si je ne t'avais pas trouvée, je serais tout de même resté à Paris. Je me serais promené, j'aurais été au cinéma, j'aurais lu, j'aurais vécu comme autrefois, quand j'étais étudiant. Mais tu as répondu et je n'en revenais pas d'une pareille chance. Je t'ai invitée à dîner mais, je te le jure, sans préméditation, du moins consciente. Je voulais seulement revoir cette image fugitive de la comtesse Clémentine. Je voulais t'entendre parler, savoir qui tu étais. Quand tu as accepté de dîner avec moi, j'en ai été profondément heureux. Je suis allé dans mon bureau et j'ai travaillé avec une facilité incroyable. Et plus les heures qui me séparaient de toi s'écoulaient, plus j'étais heureux. En même temps, j'avais peur que tu oublies de venir, ou que quelque chose t'en dissuade. J'ai eu envie de t'appeler à nouveau pour te dire où me joindre pour me prévenir si tu avais un empêchement. Mais j'ai eu peur d'être ridicule ou peut-être de te fournir l'occasion, ainsi, d'annuler ce rendez-vous.

» Je suis rentré chez moi, dans l'après-midi, pour prendre un bain et me raser. Je me suis regardé dans la glace et je me suis trouvé vieux et laid. Je me suis dis que ce dîner allait être une corvée pour toi. Et quand je t'ai vu apparaître si belle, ce soir, je me suis senti paralysé, comme un gamin. Je ne savais plus quoi te dire. J'avais l'impression que tu étais la première femme que j'approchais et j'avais presque envie de m'enfuir tellement je me sentais désarmé et puceau en face de toi. Et puis, il y a eu cette chose, pendant le dîner... »

Pierre s'était rapproché de Véréna et avait posé sa tête sur les genoux de la jeune femme. Elle enfonça ses doigts dans les cheveux épais.

« Alors, dit-elle, je ne t'ai plus fait penser à la comtesse Clémentine mais à Clotilde de Chamarande, au péché...

— Comment ne penserait-on pas au péché avec toi, dit-il. Tu es le Péché. Tu es ma fleur de Péché. Tu es tout ce dont j'ai rêvé dans mes rêves les plus secrets d'homme, les plus inavoués. Je sais ce que tu aimes, ce que tu désires; je le devine, avant que tu le saches toi-même. »

Au 7 de la rue Greffulhe, une jeune femme voilée de mauve se mit à sourire dans le pastel de son portrait en voyant l'usage que faisaient de son sofa un homme et une femme qui croyaient s'être rencontrés par hasard.

Elle les regarda toute la nuit, car Clotilde de Chamarande était très voyeuse. Elle veilla sur leur sommeil et, plusieurs fois, les réveilla, leur soufflant à l'oreille quelques raffinements oubliés dont elle détenait le secret et qui avaient assuré sa fortune dans les années 1905.

Adieu ma vie, adieu mon cœur, un taxi, au matin, l'avait déposée chez elle. Elle s'était jetée sur son lit, défaite de fatigue, les cheveux cardés et, avant de s'endormir, s'était dit que c'était fini, après une nuit pareille, elle n'aurait plus jamais envie de faire l'amour. Elle en avait pris pour toute la vie.

Et puis deux, trois, quatre jours avaient passé sans que Fauquembergue se manifeste d'aucune façon. Silence total. C'est alors que Véréna était devenue très, très bizarre. Elle sursautait à la sonnerie du téléphone, chez elle, au journal, partout, bondissait sur son courrier, se retournait sans cesse quand elle marchait dans la rue. Elle se mit à parler toute seule, tantôt suppliant le vide et tantôt l'insultant comme la foule napolitaine s'acharne à faire bouillir le sang miraculeux par la prière et l'invective. Elle n'avait plus faim, plus soif, plus envie de rien du tout que la présence de cet homme qu'elle voulait de toute son âme, de tout son sang. Elle était en manque de lui comme un opiomane privé de sa drogue. Jamais de sa vie elle n'avait voulu, attendu quelqu'un de cette façon-là. En quatre jours, elle avait maigri. Elle flottait dans ses jupes. Elle était obligée de faire un effort épuisant pour s'intéresser à quelque chose, pour accomplir des gestes quotidiens. Même son fils n'arrivait pas à la distraire de son obsession : « Qu'il m'appelle, nom de Dieu, qu'il m'appelle ! » Elle expédiait les repas d'Arthur, répondait n'importe quoi au bavardage de l'enfant. Et complètement distraite. Un soir, voulant faire cuire une tranche de foie de veau, elle avait jeté la tranche de foie dans la poubelle et posé le papier qui l'enveloppait dans la poêle, ce qui avait mis Arthur en joie.

Plus d'humour, plus de patience. Même les récits des malheurs quotidiens de Martine ne parvenaient plus à la distraire. Parce que, tout de même, l'autre finissait par regimber quand son mari lui en faisait trop voir : « Et qu'est-ce que tu dirais si je te trompais ? », avait-elle crâné, un soir.

« ... tu ne sais pas ce qu'il a osé me répondre ? Tu ne peux pas l'imaginer, Véréna !... Il m'a répondu : « ... Ça se passerait très mal parce que « je n'aime pas prêter mes cabinets à n'importe « qui... » Tu te rends compte ? me traiter de cabinets, après dix ans de mariage ! Avec trois enfants !

– Je m'en fous ! avait hurlé Véréna. Tu m'entends, Martine ? Je me fous de toi, de ton mec, de vos histoires ! Il est là ton ivrogne, de quoi te plains-tu, pauvre conne! Ou alors fous-le à la porte, mais tais-toi. Je ne peux plus te supporter!

— Ça alors! Si toi aussi... »

Où était Pierre? Que faisait-il? Elle était sûre pourtant que, pas plus qu'elle, il n'était sorti indemne de cette nuit. Qu'était-elle devenue, cette médiumnité qui lui faisait deviner si bien ce dont elle avait envie? Il ne l'entendait donc pas bramer à travers l'espace? Il ne sentait donc pas, où qu'il soit, qu'elle avait besoin de lui, de sa présence, de sa peau, de sa voix, de son odeur? Etait-il possible qu'il ne soit pas averti mystérieusement, dans son esprit et dans sa chair, qu'elle était en danger, qu'elle mourait de son absence comme une plante privée d'eau et de soleil?

Mais rien, il ne se passait rien. Silence. L'appeler, elle? Jamais. L'appeler où, d'abord? Chez lui? Au ministère? Non. Impossible. Plutôt crever. Si, après tout. Pourquoi pas? Elle n'avait plus d'amour-propre. Plus rien. Qu'est-ce qu'elle risquait? De s'entendre dire qu'il n'avait pas le temps d'avoir une maîtresse? Et puis après? Au moins, elle serait fixée. Elle n'attendrait plus. Alors, elle prenait son téléphone, commençait à composer son numéro et ne le finissait pas.

Elle avait beau promettre des brassées de cierges à toutes les Thérèse de la ville, Pierre demeurait invisible et muet. La pluie de roses était tarie. Tous les paris avec le destin demeuraient sans écho. Inutile de s'astreindre à sautiller pour éviter de marcher sur les jointures des trottoirs, de faire le vœu, s'il apparaissait, de ne plus jamais fumer, ni de manger de pêches, ni de se baigner dans la mer.

Au cinquième jour, enfin, elle se calma. Elle ricana. Bref, elle crut voir clair. Elle n'allait tout de même pas se ravager pour cet homme marié, ce père de famille sur le retour, ce fonctionnaire quinquagénaire qui s'était offert un extra pour son congé de Pentecôte. Qu'est-ce qui lui avait pris de se monter la tête ainsi ? Elle en avait honte, à présent. Quand on porte le nom d'une femme qui a traversé la Pologne à pied en rongeant des glands pour ne pas mourir de faim, on ne se met pas dans tous ses états pour l'absence d'un Fauquembergue. Car, si l'on voulait bien regarder les choses en face, il n'y avait pas de quoi se trémousser : un homme lui avait offert un bon dîner, bien arrosé, l'avait sautée et s'en était retourné tranquillement dans ses foyers se faire rééquilibrer, comme il disait, par l'admirable maman qui ne l'avait pas lâché depuis vingt-six ans. Et c'était tout. Et elle, Véréna, n'était qu'une imbécile qui avait confondu un état d'ivresse avec un état de grâce, un coup de foutre avec un coup de foudre, le plaisir avec le bonheur. Poil au cœur.

La tête que ferait Gaétane si elle savait ce qui s'était passé et si elle la voyait se dessécher pour ce conseiller obscur qui n'était même pas une vedette dans l'équipe du gouvernement. Elle en mourrait de dire.

Quand on y pensait calmement, il n'était même pas aussi beau que ça. Ce nez en bec d'aigle, cette tignasse de bohémien, ce ventre un peu mou... Le reste ? Bon, d'accord. Il était doué. Il l'avait même surprise. Elle n'aurait jamais imaginé qu'un homme de cet âge... Mais était-ce vraiment une rareté ? Après tout, elle n'avait pas eu tellement d'amants pour pouvoir comparer. Des petits jeunes pressés et sans imagination. Et puis, il devait être soûl, lui aussi. C'est ça, ils étaient bourrés tous les deux. Elle, en tout cas. La faute du Romanée-Conti. Alors, évidemment, elle avait vu et senti double. Et même s'il était ce que Gaétane appelait « un engin de plumard », permettez-moi de vous le dire, on ne meurt pas pour une queue. J'ai bien dit le mot : une queue. Une sale queue de Gitan. Qui donc racontait que les idiots du village sont montés comme des ânes ?

En plus, elle devait être joliment paf pour avoir été troublée par ce qu'il disait. Des salades, oui. Des mots. L'habitude de son métier, sans doute. Le baratin, la Toselli. Jusqu'à la portière du taxi, le matin. Cette façon de lui serrer les joues dans sa main... « Je crains que cette histoire n'en reste pas là... » Pourquoi dire ça ? Est-ce qu'elle lui avait joué du violon, elle, avant de partir ?

Non. Il n'était rien, ce Gitan. Rien qu'un homme. Et lâche, sûrement. Un trouillard qui devait être terrorisé par sa bonne femme, attaché à ses habitudes, à sa maison de campagne, à son train-train. Sûrement, il devait faire du *jogging* le dimanche pour se faire tomber le gras et tondre sa pelouse et jouer au gin avec ses chiards. Et, dans la semaine, à plat ventre devant son ministre, ambitieux, fébrile, quêtant des faveurs comme un clebs des bouts de sucre. Il n'avait pas le temps d'avoir des maîtresses, disait-il. Il avait le temps de quoi, ce pauvre mec ?

Heureusement qu'elle s'était reprise à temps, tiens ! Elle aurait été bien embarquée avec ce minable. Maintenant, il pouvait toujours courir, l'appeler, la supplier, se traîner à ses pieds. Elle l'enverrait se faire aimer. « Excusez-moi, je suis très occupée en ce moment... je pars en week-end avec un garçon qui veut absolument m'emmener à Venise... Je n'ai jamais été à Venise... Comment ? Vous dites ? Vous avez envie de moi ? La nuit que nous avons passée ensemble ? Quelle nuit ? Ah ! oui... Ecoutez, mon vieux, nous avons tiré un bon coup, il n'y a pas de quoi en faire une histoire... Non, je vous assure que je ne peux pas vous voir en ce moment. Un jour, peut-être... Non, n'insistez pas, voulez-vous ? »

Le cinquième jour, à sept heures du soir, Marot lui tendit le téléphone qu'ils partageaient à la même table.

« C'est pour toi. »

La voix du Gitan. Sa voix.

« Je n'ai pas pu t'appeler plus tôt... Je te raconterai... Je n'en peux plus... je veux te voir... j'ai une demi-heure maintenant... Viens tout de suite au bar du George-V. Je t'attends.

– J'arrive », dit Véréna.

VIENS. J'arrive. Je ne peux pas. Je pars. A bientôt. Comprends-moi. Je fais ce que je peux. Non, c'est impossible mais demain. Plus tard. Plus tard, je t'emmènerai, Véréna. Pour l'instant, j'ai des choses trop importantes à faire. Je ne peux pas t'expliquer.

Ils n'étaient jamais retournés rue Greffulhe. On n'a pas deux fois la même émotion et il y avait tant d'hôtels dans Paris. Elle n'était pas belle, la vie ?

« Franchement, disait Pierre, est-ce que tu crois qu'on ferait l'amour comme ça, si on habitait ensemble ?

– Je ne sais pas. Je n'ai jamais habité avec une passion. »

Vivre avec lui tous les jours ? Non, ce n'était pas ça dont elle avait envie vraiment. Mais de pouvoir lui parler à sa guise. L'appeler en cas de panique, à n'importe quelle heure. S'il était en train de mourir, pensait-elle, je ne pourrais même pas aller le voir. Elle n'avait le droit d'être communicative qu'aux heures de bureau. Et encore.

« Ne m'appelle pas, disait-il. Moi, je le ferai, je te promets. Je n'aime pas te parler de mon bureau. Mes lignes sont surveillées... »

Surveillées par qui ? Que faisait-il au juste, le Gitan ? Quel métier ? Conseiller, c'est si vague. Etait-il barbouze, espion ? Il avait ri quand elle lui avait posé la question.

« Quelle imagination, Véréna ! Tu vas trop au cinéma. Non, ma petite fille, mais, tu sais, la politique, ce n'est pas si simple et je ne veux pas que ton nom soit mêlé au mien, jamais. »

Chez lui, il y avait l'autre garce qui montait la garde. Elle avait évidemment fini par découvrir la vérité à cause de ce malheureux pneumatique. D'où l'horrible coup de téléphone. Pierre avait nié, bien sûr. Qu'est-ce qu'elle allait s'imaginer là ? Comme s'il avait le temps de courir le guilledou. « Le guilledou, c'est moi, pensait Véréna. Charmant ! »

Par pur orgueil, elle se défendait d'être jalouse de cette femme chez laquelle Pierre rentrait tous les jours. Et par instinct de conservation aussi parce qu'on n'en finit pas avec la jalousie. Pour ne pas tomber dans ce piège ordinaire, Véréna s'était dit, une fois pour toutes, qu'Anne Fauquembergue faisait partie de Pierre et en était indissociable. Elle n'était qu'une imperfection, un défaut irrémédiable mais auquel il ne fallait pas accorder d'importance. Quelque chose comme un grain de beauté mal placé ou un ongle incarné.

Pourtant, parfois, elle ne pouvait s'empêcher de broncher quand Pierre, vraiment sans mauvaise intention, distraitement, disait *nous* en parlant d'Anne et de lui. « ... Figure-toi qu'hier soir, au théâtre des Champs-Elysées, *nous* sommes tombés sur ce type dont je t'avais parlé... » Et Véréna traduisait aussitôt : hier soir, *ils* étaient au théâtre et c'était lui, Pierre, que, fugitivement, elle haïssait, pour son égoïsme d'homme, cette inconscience, ce manque de finesse qui la blessait. Ou, n'exagérons rien, qui l'égratignait.

Pour s'épargner une souffrance, elle s'interdisait aussi de se poser des questions sur les rapports physiques qu'ils pouvaient avoir. Pierre lui avait dit un jour qu'Anne était encore très belle. Etait-ce là une simple vanité de propriétaire ? Un besoin inutile de se faire valoir ? Une cruauté inconsciente ? Il avait ajouté aussitôt, comme pour corriger son propos, qu'Anne avait un amant depuis une dizaine d'années. Elle ne lui en avait jamais parlé mais il savait qui c'était et cela lui était tout à fait égal. « Je suis un si mauvais mari, avait-il ajouté en riant, que je n'ai rien à dire. Du moment qu'elle ne fait pas de scandale et qu'elle me fiche la paix... »

Cette révélation avait glacé Véréna. Dans ce « pourvu qu'elle ne fasse pas de scandale » qui sentait son petit-bourgeois du Nord, elle s'était demandé si, dans l'esprit de Pierre, elle n'était pas incluse, elle aussi, dans ce système de tolérance, dans cette tiédeur écœurante des compromis. Si elle n'était pas pour lui la maîtresse discrète, corollaire de l'amant sans scandale de sa femme. Si ce n'était pas, tout simplement, la discrétion commode qu'il aimait chez elle et qui lui assurait un élément d'équilibre dans le mensonge de sa vie. Comme elle était loin, alors, du bateau de Tintagel. Comme ces histoires de grandes personnes lui semblaient tristes.

« Ce que j'aime chez toi, disait-il encore, c'est ta solidité. Tu es un bon petit soldat. Tu es ma Lettonne. »

Elle l'avait perdu pendant les grandes vacances. Il était parti dans le Midi, avec sa famille. Elle était allée en Bretagne, avec Matthias et Arthur, dans une villa louée par la joyeuse Libanaise. Une maison pleine de gens qu'elle aurait trouvée gaie en d'autres circonstances. Tous les jours, elle avait attendu le facteur, espérant une lettre, un mot sur une carte postale mais rien. Pierre n'y pensait pas. Il n'aimait pas beaucoup écrire.

Matthias, bien sûr, avait remarqué son manège et sa fébrilité à l'heure du courrier et l'avait interrogée avec sa curiosité habituelle.

« Alors, ma petite sœur, amoureuse ? Pourquoi ne vient-il pas nous voir ? Plus on est de fous, plus on rit... Est-ce que je le connais ? »

Tout le mois d'août avait passé ainsi. Véréna se

baignait, allait à la pêche, faisait du bateau. Elle comptait les jours qui la séparaient de son retour à Paris. Elle était sûre qu'il reviendrait en septembre, à cause de son travail.

Avec la mer et le soleil, elle était devenue très belle mais belle pour qui ? Un soir, découragée, elle était tombée dans les bras d'un garçon qui tournait autour d'elle depuis le début des vacances. Ils étaient partis en voiture avec toute une bande rieuse et ils étaient allés danser dans une boîte. Elle avait beaucoup dansé. Tard dans la nuit, elle avait posé sa tête sur son épaule et noué ses bras au cou du garçon, comme le faisaient les autres, sous les lampions. Il n'en revenait pas de cet abandon subit, elle si réservée, si distante jusqu'alors. Ensuite, elle l'avait suivi dans sa chambre. Pourquoi pas, puisque l'homme qu'elle aimait la laissait seule. Mais elle s'était sauvée avant le jour pendant que le garçon dormait. Elle était déçue. Qui donc avait inventé qu'on pouvait tricher et faire l'amour avec quelqu'un en pensant à quelqu'un d'autre ? Les hommes, peut-être, mais les femmes ? Pas elle, en tout cas. Elle n'y était pas arrivée. On n'ouvre pas n'importe quelle serrure avec n'importe quelle clef. Elle était allée se jeter à la mer au lever du jour et avait nagé longtemps dans l'eau grise, jouant à se laisser rouler par les vagues pour effacer d'elle le souvenir ennuyeux de cette nuit.

Quand elle avait revu Pierre à Paris, elle lui avait raconté cet incident, à moitié par provocation, à moitié pour lui faire plaisir. Il n'avait pas été flatté du tout. Elle avait eu droit à une scène en règle. Comment avait-elle pu se conduire de la sorte ? Une scène qui, finalement, lui avait été assez agréable. Ainsi il était donc jaloux.

Il fallait être juste, elle avait tout de même eu une semaine délicieuse, pendant ces deux ans. En février, il l'avait emmenée à Dakar. Ou plutôt, elle l'avait rejoint là-bas. Fauquembergue y était envoyé pour prendre des contacts avec le gouvernement sénégalais et il avait tout soigneusement préparé afin qu'on ne puisse les repérer ensemble. Il partirait le premier et descendrait officiellement à l'hôtel Teranga. Véréna prendrait l'avion suivant. Une voiture louée à son nom l'attendrait à l'aéroport. Il lui avait indiqué sur une carte l'endroit où elle devrait se rendre, à 80 kilomètres au sud de Dakar, sur la route de M'Bour, dans un village qui s'appelait La Somone. Après cinq kilomètres de piste, à travers la savane, elle trouverait, au bord de la mer, une sorte d'auberge qui louait des cases. L'une d'elles serait retenue à son nom. Elle n'aurait qu'à l'attendre là. Il viendrait la rejoindre le soir. Il essaierait même de se débarrasser de ce qu'il avait à faire en trois jours et, ainsi, ils resteraient ensemble, le reste de la semaine.

Et tout s'était passé comme il l'avait dit. Elle avait trouvé la Méhari à l'aéroport et elle était partie dans la chaleur de février, pleine de bruits et d'odeurs inconnus. Au bout de la piste de terre rouge, elle avait trouvé la mer que leur avait décrit Barbara, la jolie négresse de Matthias, la mer couleur de menthe avec les pirogues bariolées qui semblaient voler à la crête des vagues. Où était-elle, Barbara, à présent? Plusieurs fois, Véréna avait cru la reconnaître dans l'une ou l'autre des jeunes femmes qui passaient le long de la plage, leurs bébés arrimés dans le dos, serrés dans un repli de boubou.

Elles faisaient des kilomètres à pied sur le rivage, portant des seaux de poissons ou de coquillages qu'elles avaient pêchés à marée basse, à l'embouchure de la rivière, et qu'elles rapportaient au village.

Un vieux Français avait installé là un restaurant avec une terrasse ouverte sur la mer et une cinquantaine de cases qu'il louait en guise de chambre aux Dakarois qui venaient en week-end. Des cases semblables à celles des indigènes du village voisin, avec des murs ocre et des toits de chaume pointus. Un lit, une table, une douche, une porte de bois et des lampes à gaz. Le genre d'abri dont on rêve quand on est petit, avec la mer qui battait le rivage à quelques mètres de là.

Tous les soirs, Véréna attendait le retour de Pierre, sur la terrasse. Ils étaient seuls avec les Noirs qui leur faisaient cuire des poissons et du riz. Puis, ils partaient, la lanterne à la main, s'enfermer dans leur case. Pierre s'en irait tôt, le matin, à Dakar, dans une seconde voiture qu'il avait louée.

Véréna marchait le long de la mer, sous le soleil de plomb de midi, se jetant à l'eau quand ses épaules brûlaient. Elle allait ainsi jusqu'au village, pêchant des oursins dans les rochers. Ou bien, elle s'en allait de l'autre côté, là où la rivière se jetait dans la mer, là où s'abattaient, le soir, des bandes de pélicans qui se laissaient dériver sur l'eau comme une régate de petits voiliers. Le Français lui avait prêté une barque plate et elle ramait entre les massifs de palétuviers, poussant son bateau à pied quand il raclait les hauts-fonds.

Un matin, elle était allée en voiture jusqu'à M'Bour où se tenait un marché de pêcheurs et de paysans. Des tailleurs cousaient en plein air des boubous de toutes les couleurs qu'ils taillaient et brodaient en deux heures sur de vieilles machines à coudre à pédale. Elle s'était fait faire une longue robe indigo comme en portaient les hommes du pays.

Puis elle était rentrée à La Somone et s'était assise sur le sable. Sa robe d'homme avait fait rire les petites négresses qui passaient en dansant, des cuvettes de fer en équilibre sur la tête. Les moqueuses jeunes filles avaient fini par s'asseoir à ses côtés, subitement familières et curieuses. Deux d'entre elles parlaient le français et lui avaient posé toutes sortes de questions, d'où elle venait, pourquoi cette robe, pourquoi son mari n'était pas là.

« Il va venir, avait répondu Véréna. Il est à Dakar. Il va venir tout à l'heure, mon mari. »

Et ce mensonge l'avait remplie de joie.

Les filles l'avaient suivie jusqu'à sa case. Elles s'étaient assises avec elle sur la marche du seuil. D'autres, plus jeunes encore, les avaient rejointes, timides d'abord puis plus hardies. De temps à autre, l'une d'elles se levait et se mettait à danser. Elles ne pouvaient pas rester longtemps sans danser et Véréna les regardait émerveillée, si gracieuses, qui se découpaient sur la mer.

L'une des filles avait tressé les cheveux de Véréna, à la ouolof, en minuscules nattes au ras du crâne. A la fin de l'opération, elles s'étaient mises à rire, mais à rire, de voir la Blanche ainsi accommodée.

Quand Pierre était arrivé, le soir, il l'avait trouvée très belle ainsi, avec sa robe bleue et ses cheveux tressés et il lui avait dit que, s'ils avaient vécu au XVIIIe siècle, à Gorée, elle aurait été l'esclave qu'il aurait choisie entre toutes pour la garder dans sa maison. Et cette nuit-là, ils avaient joué longtemps à l'esclave favorite et au négrier amoureux.

Est-ce que Thérèse pouvait entendre Véréna au fond de cette savane brûlée, malgré le fracas incessant de la mer phosphorescente ? Est-ce que l'incantation de Véréna ne serait pas brouillée par les ondes puissantes des esprits qui habitent les baobabs ? Allô, allô, m'entends-tu ? Ce que je te demande est simple : fais vite éclater une guerre, arrête les avions, ferme les frontières. Que le continent africain soit coupé du reste du monde et La Somone du reste du Sénégal. Arrête le temps. Je ne veux plus partir. Je veux rester ici, avec lui. J'habiterai cette case. Je porterai ses enfants dans mon dos. J'irai pêcher des coques près de la rivière. Je pilerai son mil. Je l'aiderai de toutes mes forces à pousser sa pirogue dans la mer. Je le regarderai toutes les nuits dormir, bercé par le ressac. Je deviendrai une vieille négresse édentée qui mâchonnera une joie éternelle, le cul dans le sable. Amen.

France-Inter, il est midi. Nous apprenons à l'instant que M. Pierre Fauquembergue, 51 ans, conseiller au ministère de l'Industrie, vient d'être victime d'un enlèvement. Il venait de quitter son domicile, ce matin vers 9 h 15, 20, rue de Longchamp, à bord de sa 504. Au moment où le chauffeur démarrait en direction de la place d'Iéna, un motocycliste a fait une queue de poisson à la voiture, a laissé tomber sa machine et a brandi un revolver. Deux hommes armés et masqués sont sortis alors d'une fourgonnette stationnée en double file, ont assommé le chauffeur et ont entraîné rapidement M. Fauquembergue dans la fourgonnette qui a démarré aussitôt et a disparu, après avoir brûlé le feu rouge, au bas de la rue.

Personne jusqu'à maintenant n'a revendiqué cet enlèvement et aucune demande de rançon n'a encore été faite à la famille de M. Fauquembergue. Nos reporters se sont rendus sur les lieux...

Pourquoi avoir aussi froid quand l'air est si doux et le ciel aussi bleu ? Véréna claquait des dents. Un loup s'était mis à hurler, très loin, quelque part, sur une plaine gelée. *Un bon petit soldat... Ce que j'aime, chez toi, c'est ta solidité...* Mais pourquoi faisait-il si froid ? Et elle se souvenait d'un Arabe sous la neige qu'elle avait vu, un jour d'hiver, arrêté au bord d'un trottoir, en passant dans la rue du Mail. Il avait remonté autour de son cou le col d'une maigre veste. Il tremblait de froid et regardait, très étonné, les flocons qui voltigeaient et tombaient sur son visage de Berbère tanné par le soleil des chantiers. Il ne comprenait pas ce que c'était que de la neige. Et voilà que Véréna, ce matin de mai, se sentait, elle aussi, comme un Arabe sous la neige.

« AINSI, dit le commissaire Montabot, vous ne pouvez pas expliquer comment et pourquoi votre nom figure dans l'agenda de M. Fauquembergue ?

– Non, dit Véréna. Je ne vois pas. Vraiment pas.

– Quand l'avez-vous rencontré exactement ?

– Il y a deux ans à peu près.

– Où ?

– Au ministère de l'Industrie. Mon journal m'avait envoyée faire une enquête à propos du surrégénérateur de Creys-Malville. Je n'ai pas pu voir le ministre ce jour-là. C'est M. Fauquembergue qui m'a donné les renseignements que je cherchais.

– Combien de temps êtes-vous restée avec lui ?

– Peut-être une heure...

– Vous ne le connaissiez pas auparavant ?

– Non.

– Et vous ne l'avez jamais revu par la suite ?

– Non, dit Véréna. Jamais.

– Et pendant cette heure que vous avez passée

avec lui, vous n'avez parlé de rien d'autre que de votre sujet ?

– Non, dit Véréna. De rien d'autre.

– Quand vous a-t-il demandé votre adresse ?

– Je ne me souviens pas qu'il me l'ait demandée, dit Véréna. C'est facile à trouver, une adresse.

– Pourquoi, à votre avis, se l'est-il procurée et pourquoi l'a-t-il gardée si longtemps ?

– ...

– Le jour de votre rendez-vous, il n'a pas manifesté l'envie de vous revoir ?

– Non, dit Véréna. Pour quoi faire ?

– Dites-moi... depuis que vous êtes divorcée, comment avez-vous vécu ? Je veux dire, vous avez un ami ? Une liaison ? Quelqu'un dans votre vie ?

– Non, dit Véréna. Je n'ai personne. Il m'est arrivé d'avoir des amants. Pas beaucoup. Je ne suis pas une nonne. Mais je n'ai pas eu de liaison, comme vous dites. J'ai un fils qui a dix ans. Les petits garçons sont très jaloux de leur mère, vous savez. Je ne pense pas qu'il aurait supporté que j'aie une liaison. C'est la tyrannie des fils...

– Vous n'avez aucune idée, je veux dire aucune opinion personnelle sur ce qui est arrivé à M. Fauquembergue ?

– Non, dit Véréna. Et vous ?

– Quand l'avez-vous appris ? Comment ?

– Comme tout le monde. A la radio.

– Cela vous a surprise ?

– Que cherchez-vous, monsieur ?

– Des assassins. Nous ne pouvons négliger aucun détail.

– Et... vous me soupçonnez ?

– Votre nom est dans le carnet de la victime. Une enquête est en cours. C'est moi qui la dirige... Vous ne l'avez vraiment jamais revu ?

– Encore une fois, non, dit Véréna.

– Vous savez qu'un mensonge peut être très grave pour vous ?

– Je ne crains rien.

– C'est bon, dit-il. Je vous remercie. Ne quittez pas Paris, s'il vous plaît. Nous pouvons encore avoir besoin de vous. »

Le commissaire Montabot rangea son dossier. Véréna l'accompagna jusqu'à la porte. Au moment où il allait la refermer sur lui, il bloqua le battant avec son pied.

« Ah ! j'oubliais, dit-il. Une dernière question : en mai 1968, vous avez traité le brigadier Pozzi de tenebrio. Qu'est-ce que ça veut dire, tenebrio ?

– C'est, dit Véréna, un insecte qui mange les morts. »

Paris, 4 mai 1980

DU MÊME AUTEUR

Aux mêmes éditions :

LA FANFARONNE, 1959.
LE CHEMIN DES DAMES, 1964.
LA PASSION SELON SAINT JULES, 1967.
JE T'APPORTERAI DES ORAGES, *Prix des Quatre Jurys,* 1971.
LE BATEAU DU COURRIER, *Prix des Deux Magots,* 1975.
MICKEY, L'ANGE, 1977.

« Composition réalisée en ordinateur par IOTA »

IMPRIMÉ EN FRANCE PAR BRODARD ET TAUPIN
7, bd Romain-Rolland - Montrouge - Usine de La Flèche.
LIBRAIRIE GÉNÉRALE FRANÇAISE - 14, rue de l'Ancienne Comédie - Paris.
ISBN : 2 - 253 - 03051 - 1

30/5698/3